ねこだまり

〈猫〉時代小説傑作選

諸田玲子／田牧大和／折口真喜子
森川楓子／西條奈加／宮部みゆき
細谷正充 編

PHP
文芸文庫

○本表紙デザイン+ロゴ=川上成夫

ねこだまり〈猫〉時代小説傑作選　目次

お婆さまの猫

諸田玲子

一

へちまの棚に深緑の実がぶら下がっている。

真っ赤に熟せば子供たちに摘まれたり鳥についばまれたり、夏のあいだに失せてしまう山桜桃の実とちがって、へちまの実は秋にお目見えする。

へちまを見て山桜桃を想うのは、心がまだゆれているからか。

結寿は台の上の壺に手を伸ばした。

今はもう、狸穴坂の下、山桜桃の大木のある借家で祖父と暮らす娘ではない。坂を上りきったところにある御先手組組屋敷の一軒、小山田家の新妻である。

あと戻りはできないわ――。

これが宿命だとわきまえていた。うしろを振り向くつもりはない。

気を引き立てて、壺を取り上げた。

口のところが細くなった壺には、先端を切り取ったへちまの茎が差し込んである。こうしておくと壺に水がたまる。

へちま水は、この家のお婆さまが若い時分から愛用しているもので、庭の一隅にへちまの棚をつくらせたのもお婆さまだという。

小山田家は結寿の実家の溝口家と、組はちがうが同じ御先手組で、身分も同等の与力である。ただし、小山田家の御組頭は火盗改方を兼任していない。当番日に平川御門や坂下御門など御門の警固をつとめるだけで、捕り方のお役目はなかった。気は楽だが、そのぶんの役得もないため、暮らしぶりは溝口家よりつましい。

竜土町の組屋敷にある溝口家と、麻布市兵衛町の小山田家は、屋敷の広さや間どりも似かよっていた。おかげで、まごつくことも気おくれすることもない。

両親同士が知友であるのも幸運だった。そもそもこたびの縁談は、子供の頃から結寿を見ていた小山田家の嫡男、万之助が、ぜひとも妻に……と望んだものだから、結寿はあたたかく迎えられた。

だれの目から見ても最上の結婚である。文句のつけようがない。

それなのに——。

「おや、こちらにおいででしたか」

壺のなかの水を小さな器へ移していると、お浜の声がした。

実家からついて来た女中のお浜は、大柄で堅太りの口うるさい女で、早くも婚家の女中たちから煙たがられている。

「へちま水をお婆さまにお持ちするのです」

結寿が言うと、お浜は眉をひそめた。

「さようなこと、なにもご新造さまがなさらなくとも……。こちらの女中にさせればようございます」

「おときもおかつも忙しそうですよ」

「なんの、ご実家に比べればこれしき」

小山田家は舅姑の他、万之助と結寿の若夫婦、十五歳になる万之助の弟の新之助、それにお婆さまの六人家族である。家族の人数はさほどちがわないが、火盗改方の家はしょっちゅう人が出入りをしている。雑用も多い。

たしかに、小山田家に女中三人は多過ぎるようにも思えたが……。

「お婆さまのお話を聞いてさしあげるのです。さ、おまえはおまえの仕事をかたづけておしまいなさい」

結寿はへちまの茎を空になった壺に戻した。器を手にして歩き出す。

「ご新造さま。長居はなさらぬように」

お浜の忠告を、結寿は聞き流した。毎度のことながら、お浜に少し腹を立てている。お婆さまに近づかせまいとする魂胆が見えすいているからだ。

お婆さまは、万之助の祖母ではなかった。万之助の今は亡き祖父の従姉（いとこ）にあたるとかで、旗本（はたもと）家へ嫁いだが夫に先立たれ、子もなく、実の両親もすでになかったために小山田家へ身を寄せ、以来、病弱な生母に代わって万之助の父の養育にあたってきたという。

お婆さまは母屋と渡り廊下（ろうか）でつながった離れに住んでいた。外出をすることは絶えてなく、医者と髪結（かみゆ）い以外は訪れる人もいない。

体はどこも悪くなかった。が、耄碌（もうろく）しているせいか物忘れがひどく、人の名前をまちがえたり、同じことを何度も言ったり……。えんえんと昔話をすることもあり、家の者たちは皆、顔には出さなくても、お婆さまをもてあましている。

けれど結寿は、お婆さまといると気が楽だった。うしろめたい思いをしなくて済むからだ。万之助や舅姑がもっと欠点だらけの、嫁いびりをするような人たちであったなら、これほど疚（やま）しい思いはしなくて済んだかもしれない。

やさしさを負担に感じるなんて――。

なんと罰当たりか、と思う。それもまた結寿の心を重くしている。

へちま水の器を掲（かか）げて離れへ向かいながら、結寿は、はじめてこの家にやって来た日のことを思い出していた。

婚礼のあの日。

竜土町から麻布市兵衛町はいくらもないので、白無垢の花嫁を乗せた駕籠はあっという間についてしまった。少人数のささやかな宴ではあったが、婚礼は終始、和やかだった。宴が終わるまで、結寿は隣席に座る花婿の顔をまともに見られなかった。それでも穏やかな目をした細面はなんとはなし見覚えがあり、ああ、これが自分の夫か……と、結寿も穏やかな心で思ったものだ。

それでいて、眼裏にはもうひとりの、想ってはいけない人の面影ばかりが浮かんでいた。

狸穴坂の草陰からむくりと立ち上がった人、突拍子もない扮装で探索に飛びまわっていた人、馬場丁稲荷で忍び逢った人、お祖父さまに投げ飛ばされ、それでも弟子となって稽古に励んでいた人……。その人は、敏腕な隠密廻りにして愛児のよき父であり、命がけで悪党の手から結寿を救い出してくれた恩人でもあった。

ふれあった手と手、星ふる夜に交わした口づけを、どうして忘れられようか。

忘れると約束をした。けんめいに忘れようとした。忘れたと思ったのに、よりによって婚礼の日になって、走馬燈のように思い出がよみがえる。

これが妻木道三郎との祝言ならどんなに幸せか。不謹慎だと知りつつも、そう思わずにはいられなかった。

うっかり涙をあふれさせたところが、

「愛らしい花嫁さまですこと」

今日から姑となる花婿の母が自らも涙を浮かべ、やさしく結寿の手をにぎりしめた。喜びの涙と勘ちがいしたのだろう。

それがまた、結寿の涙を誘った。

初夜の床でも結寿は泣いた。夫となったばかりの万之助が当惑しているのを見て、申しわけなさに身をすくめる。

――どうした？　なぜ泣いている？

――いえ……なぜか、ただ、泣けて……感きわまっているのでしょう。

皮肉なことに、万之助はそれを花嫁の恥じらいと思いちがいをして、愛しさをつのらせたようだった。

夫に抱かれながら、たった一度でよい、道三郎に抱かれたかったと思い、そう思う我が身を恥じて、結寿はなおのこと身をかたくした。だから、従順ではあったものの心ここにあらずで、まことの夫婦になったという事実でさえ現実味に乏しく、はるかな夢のなかの出来事のようだった。

武家の娘としての矜持(きょうじ)を、結寿は日頃から教えられてきた。自らも言い聞かせていた。気丈(きじょう)な女だと、自分でも思っていたのだ。だったらなぜ、婚礼の夜に、あんなに泣いてばかりいたのか。

翌朝はいちばんに目覚め、率先(そっせん)して立ち働いた。いつもの結寿に戻っていた。

そうはいっても、ひと夜の涙で、胸の奥に埋もれた思い出を洗い流せるはずもない。

二

お婆さまは、縁側の日だまりにちょこなんと座って、髪結いに髪を梳(す)かせていた。

髪結いは名を徳四郎(とくしろう)という。歳は三十半ば、口は重いが腕はたしかで、お婆さまのお気に入りである。

廻り髪結いは武士(さむらい)の丁髷(ちょんまげ)を結うのが主な仕事だ。徳四郎は長坂町の生まれで、父親の代から小山田家の男たちの髷を結っていた。

髪結いが来れば、お婆さまも髷を結わせる。旗本家に嫁いでいた頃からの習慣だそうで、今ではお婆さまのためだけに呼ばれることもある。

徳四郎は、尻はしょりをした広袖の縞木綿に角帯をしめ、腹掛に股引といういでたちだった。髪結い道具の四角い手提箱、びん盥を脇に置き、器用な手つきでお婆さまの白くなった髪を梳いている。

結寿に気づいて、徳四郎は軽く会釈をした。

結寿は口元に人差し指を立て、その場に腰を下ろして仕事ぶりを眺める。

お婆さまは囀るような声で楽しげに昔話をしていた。結寿のいるところからは、薄い背中と桜色に染まった耳、膝の上の猫を撫でる、しみの浮いた指しか見えない。

お婆さまが膝に抱いているのは、白髪と対をなすような白猫である。子猫ではないが体は小ぶりで、薄茶色のすきとおった目をしている。毛足は長く、つややかで、そんじょそこいらの猫とは顔つきまでちがっていた。

「へい。相すみやせん」

徳四郎がお婆さまの肩にかけていた手拭いをはずした。

まだ話し足りないとみえて、お婆さまは名残惜しそうにため息をついた。

「ご新造さまがお待ちにございます」

徳四郎に言われて、お婆さまははじめて結寿を見る。その拍子に、猫が膝から下りて、どこへともなく消え去った。

だれも気に留めない。猫は気まぐれな生き物である。

「おや、ツキエどのかえ」

お婆さまは目を細めた。

お婆さまは結寿のことをツキエどのと呼ぶ。ツキエというのがだれのことか、結寿はもちろん、婚家の人々にもわからなかった。お婆さまの生家や婚家にも、そんな名前の女はいなかったという。

「はい。へちま水をお持ちいたしました」

わたくしは結寿です……などと言い返して、お婆さまのご機嫌をそこねるわけにはいかない。

「まァ、きれいなお髪（ぐし）だこと。ではお婆さま、お化粧もいたしましょうね」

「へい。それでは、あっしはこれで」

徳四郎は敷居際（しきいぎわ）まで下がり、両手をついて挨拶をした。

お婆さまは手鏡を取り上げ、自分の顔に見入っている。映っている年寄りはだれかといぶかるような表情である。

「ご苦労さまでした。母屋へ寄って、ひと休みしてください」

結寿は徳四郎をねぎらった。仕事を終えた髪結いに、軽い食事や茶菓をふるまうのは習慣になっている。

徳四郎を送り出したあと、結寿はへちま水を綿にふくませ、お婆さまの顔とうなじを拭いてやった。

「ツキエどのは菊慈童の故事をごぞんじかえ」

「はい。菊の花の露を飲んで不老不死になった童の話ですね」

「わたくしが娘の時分は、重陽のお節句の朝、必ず菊の露で体を拭いたものですよ。無病息災を願うて」

「わたくしも祖母から聞いたことがあります」

「ツキエどののお祖母さまと言うと……」

お婆さまは小首をかしげた。結寿は耳をそばだてる。

期待に反して、お婆さまはなにも言わず、ただ首を横に振っただけだった。ツキエという女が実在したのか、それとも想像のなかの人物か、結寿にはそれさえわからない。

「なにもかも、昨日のことのようですよ」

お婆さまはつぶやいて、小さなあくびをもらした。

「しばらく横におなりになられてはいかがですか」

結寿は床をとってやった。

家中でいちばん早起きのお婆さまは日に何度も昼寝をする。横になってもなお、お婆さまの口から流れるとりとめのない話は、いつしか寝息に変わっていた。

足音を忍ばせて、結寿は母屋へ帰って行く。

お婆さまの様子が一変したのは、その日の午後だった。

「なにごとでしょう」

離れが騒がしいので、結寿はお浜を見に行かせた。

縫い物の手を休めて待っていると、お浜が首をかしげつつ戻ってきた。

「猫がいなくなったそうで、お婆さまは半狂乱になっておられます」

「まァ、猫が……」

お婆さまの膝の上で丸くなっていた白猫を、結寿は思い浮かべた。

「庭にいるのではありませぬか。でなければお隣とか」

　猫が隣家へ入り込むのはよくあることだ。

「それが、探してもいないそうで」

「そのうちに戻ってきますよ」

「でしたらよいのですが……」

臆病(おくびょう)な猫で、これまでいなくなったことは一度もないという。

　お浜はまだなにか言いよどんでいるようだった。

「どうしたのですか、そんな顔をして」

「実は……お婆さまは、ツキエという女子(おなご)が猫を連れて行ってしまったと思い込んでおられるそうで……」

　これには結寿も言葉を失った。

　お婆さまがツキエと呼んでいるのは結寿だ。では、お婆さまは自分が猫を取り上げたと思っているのか。

　結寿がお婆さまにへちま水を持って行ったとき、猫が部屋から出て行った。お婆さまが猫がいないことに気づいたのは昼寝から目覚めたときだというから、眠る間(ま)際(ぎわ)までそばにいた結寿に疑いの目が向けられたのだろう。いや、それだけではなく、ツキエという女にはなにか、お婆さまに疑いを抱かせるような出来事があったのだろうか。

「こともあろうに、ご新造さまのせいにするなど……。いくら耄碌しておられるとはいえ、とんでもない話にございます」

お浜は憤慨している。

「しかたがありませぬ。お婆さまにはお婆さまの思うところがおありなのでしょう」

「それにしても、たかが猫一匹で大騒ぎを……」

「お婆さまにとって、あの猫はかけがえのない宝物なのです」

じっとしてはいられなかった。

「わたくしも探します」

「どこを探すおつもりですか」

「まずはご近所を」

結寿にうながされて、お浜もしぶしぶ腰を上げた。

お婆さまの興奮をあおりたててはいけないというので離れへは行かず、母屋や庭、道端など、猫がいそうな場所を、結寿とお浜は探した。女中たちや下僕のほか、学問所から帰ってきた新之助や姑まで加わって、一家総出で近所を探したものの、猫は見つからなかった。

ひと目見たら忘れがたい猫である。それなのに、近隣の家々でもだれも見ていないという。

「結寿どののせいではありませぬ。気にするのはおやめなされ」

「あれははじめから妙なところのある猫だった。この世のものではなかったのやもしれぬぞ」

姑や舅になぐさめられた。

「新たな猫をもろうてきてやる。さすればお婆さまもお元気になられよう」

万之助も言ってくれたが、結寿の心は晴れなかった。なぜなら、これをきっかけに、お婆さまが寝ついてしまったからである。

猫は、飼い主のもとでは死なないという。

もしや、どこか見知らぬ家の縁の下で冷たくなっているのでは——。

猫がお婆さまの命まであの世へ持って行ってしまいそうな気がして、結寿は気が気でなかった。

三

一歩一歩、踏みしめながら、狸穴坂を下る。

結寿は坂の半ばで足を止めた。

あのお方は、どうしておられるのか。又従妹さまともう夫婦になられたか。彦太郎どのは元気はつらつ、文武に励んでいようか。

この坂を上り下りするあいだだけは、思い出します、と約束をした。

道三郎さまも、こうして足を止め、自分を想うてくださることがあるのかしら。

坂の下は麻布十番の大通りである。両側に立ち並ぶ大小の武家屋敷、その合間にこぢんまりと庇を寄せ合う町家、その先の青々とした馬場、掘割のきらめく水面……。狸穴坂から眺める景色は変わらない。

「なのに、わたくしは……」

下りた坂を上るように、時を遡ることができたらどんなに幸せか。

ひとつ吐息をもらして、結寿は坂を下りきる。

坂を下りて左へ曲がれば狸穴町だ。

口入屋（くちいれや）「ゆすら庵（あん）」の裏手が、小山田家へ嫁ぐ前まで結寿が住んでいた祖父の隠宅（いんたく）である。

六月のはじめに嫁いでから、三カ月余りが過ぎていた。

この間、結寿はまだ一度しか祖父を訪ねていない。婚家への気兼ねもあったが、なにより、坂を下って思い出の詰まった狸穴町へやって来る勇気が出なかった。

ここでは、捕り方指南（しなん）を受けている道三郎に、ばったり出会うかもしれない。彦太郎に会うことだって……。そんなとき、笑顔で挨拶をしたり、さりげない話をするためには、もう少し時が必要だろう。これまではそう思っていた。

今は、そんなことを言っている場合ではない。

ひとつ深呼吸をして、結寿はゆすら庵へ足を踏み入れた。

「おや、こいつは驚いたッ」

主人の傳蔵（でんぞう）が大声を上げた。傳蔵は隠宅の大家でもある。

「ご無沙汰（ぶさた）しております」

結寿はしとやかに挨拶をした。

「あ、姉ちゃんだッ」

声を聞きつけて、奥から小源太（こげんた）が駆けて来た。

つづいて女房のていも顔を覗（のぞ）かせる。

「まァまァ、すっかりご新造さまらしゅうなられて……」

「姉ちゃん、帰って来たのか？　おん出て来たんだろ」

「なにを馬鹿なことを、小源太、お黙りなさい」

「母ちゃんこそ黙ってろって。なァ、姉ちゃん……」

「相すみやせん、相変わらずの腕白（わんぱく）で……おい、こら、あっちへ行っとれ」

いつもながらの家族のやりとりがなつかしくて、結寿は思わず涙ぐみそうになる。

「みんな、息災（そくさい）でしたか」

「へい、このとおり」

「あったりめえサ」

「ご隠居さまも百介（ももすけ）さんもお変わりございませんよ」

結寿に代わって、幸左衛門（こうざえもん）の世話は傳蔵の娘のもとがつとめていた。もとの弟の弥之吉（やのきち）は学問好きで、幸左衛門の囲碁（いご）仲間の俳諧師（はいかいし）、弓削田宗仙（ゆげたそうせん）の援助を受けて、勉学に励んでいる。

「なァ、裏へ行くんだろ。おいらも行こうっと」

小源太に袖を引っぱられたが、結寿は首を横に振った。

「いいえ。今日はゆすら庵に用事があるのです」

傳蔵とていは顔を見合わせる。

「そいつはまた……。どのような御用で？」

「小山田さまでお女中をお探しですか」

立ち話ではなんですから……とうながされて、結寿は小上がりへ腰をかけた。ていが茶菓の用意をしに出て行くと、傳蔵は小源太を追い払おうとする。むろん、追い払われるような小僧ではなかった。

「いいのです。小源太ちゃんにも聞いてもらいたいのです」

「へん、そうこなくっちゃ」

小源太と傳蔵、よっつの目に見つめられて、結寿はお婆さまの猫の話をした。

「ふむふむ、猫がいなくなった……と」

「猫じゃなくて狐だったんだ。ひゅうどろん……なんてサ」

「猫です。でも、ふつうの猫ではありませぬ」

猫の特徴を説明すると、二人は首をかしげた。

「ふうん。おっかしな猫だなァ」

「異国からやって来た猫の子孫かもしれやせんね」

「いずれにしても、そんなに遠くへは行けないはず。口入屋なら界隈の噂が耳に入ります。もし、珍しい白猫の話を耳にしたら、ぜひとも教えてほしいのです」

結寿は頭を下げた。

「わかりやした。お客が来るたびに訊ねてみやしょう」

傳蔵がうなずけば、小源太もはりきって、

「おいらが探してやらァ」

と、目をかがやかせる。

武家の妻女では町々を探しまわるわけにはいかないが、小源太なら路地裏でも裏長屋でも自在に入り込める。珍しい猫なら、子供同士の噂話も役に立ちそうだ。

来た甲斐があったと、ほっとしたものの……。

「なんで妻木さまに頼まねェのサ。おいらが話してやろうか」

小源太に言われ、結寿は目を泳がせた。

「妻木さまはご多忙です。わずらわせてはなりませぬ」

あわてて言う。道三郎がたとえ別れた恋人でなくても、町方の隠密廻りに猫一匹の探索をさせるわけにはいかない。

「さァ、お茶をどうぞ」

ていが茶菓を運んできた。

四人はしばし和やかに談笑する。

「せっかくですから、ご隠居さまにお会いになってくださいまし。ねえ、おまえさん、あんまし、こっちでお引き留めしても……」

「そうだな。顔を出さなかったとあっちゃ、あとであっしらが怨まれる」

口々に勧められたものの、結寿は暇を告げた。

「いえ、またにします。今は取り込み中ですし、お祖父さまにはあらためてゆっくりお会いいたします」

祖父に会いたい。百介にも会いたい。でも今はやめておこうと結寿は思った。嫁いだあと、はじめて訪ねたときは辛かった。あの家へ上がり込み、祖父や百介の顔を見れば、思い出がいちどきによみがえる。未練がつのり、心がゆれる。

山桜桃を見るのもやめた。

ゆすら庵を出て、狸穴坂を上る。

坂の上まで小源太がついて来た。

「なァ、姉ちゃん……」

「なァに？」

「妻木さまのことだけど……」

「その話はやめましょう。やめてちょうだい」

「なんでサ？」

「なんででも。いつか、小源太ちゃんにもわかるときがくるわ」

「へんなの。どうしてるか、そのくらいいいじゃねえか」

「あのね、過ぎてしまったことは、もう、元には戻らないの。それはとても辛いことだし、哀(かな)しいことだけれど、忘れなければ生きてはゆけないの。そうだわ、小源太ちゃん、息を吸ってごらんなさい」

「なんだよォ」

「いいからほら。もっと、もっと、ほらもっといっぱい……」

けげんな顔で息を吸い込んだ小源太は、目を白黒させ、吸って吸って、とうとうがまんできずに大きく吐き出す。

「ほらね。吸ってばかりはいられないでしょ。吐き出さなければ、新しい息は吸えないわ」

小源太は不服そうに頬をふくらませた。

「吸ったり吐いたり、さっぱりわかンねェや。そんなことよりサ、おいらは忘れたりなんかしねえンだ。なんだって、ぜーんぶ、覚えとくのサ」

「そうね。小源太ちゃんはおりこうだから、なんでも覚えていられるわね」

苦笑しながら、結寿は自分を「ツキエどの」と呼ぶときの、お婆さまの顔を思い出していた。親しげではあるけれど、それだけではないような……。

お婆さまにも、忘れられない、それゆえ胸の痛む思い出があるのだろうか。

坂を上りきったところで小源太と別れた。

元気よく駆け下りて行く小童（こわっぱ）のうしろ姿を、結寿は微苦笑と共に見送った。

四

「まことですかッ」

結寿は身を乗り出した。

「まこともまこと、この目でちゃァんとたしかめました」

くるりと目玉をまわしたのは百介である。

二人は小山田家の客間で向き合っていた。

百介が訪ねて来たのは、結寿がゆすら庵へ出向いた四日後だ。お婆さまの猫がいなくなってからは七日が経(た)っている。

猫の行方(ゆくえ)は杳(よう)として知れない。

お婆さまも寝ついたまま。

「同じ猫かしら」

結寿はまだ信じがたい、といった顔である。

お婆さまの猫が、長坂を下る途中にある旗本屋敷で飼われているという。

麻布には坂が多い。飯倉(いいくら)町の大通りから南へ下る坂は、東から順番に狸穴坂、鼠(ねずみ)坂、長坂、鳥居(とりい)坂、芋洗(いもあらい)坂と並んでいる。小山田家は大通りの北側だが、旗本家とさほど離れてはいなかった。といっても猫が迷い込むには不自然な距離である。

「毛足の長い、真っ白な猫で、飼われてまだ十日にならないそうですから……」

百介は得意げに小鼻をうごめかせた。

結寿はゆすら庵の傳蔵と小源太父子に猫探しを頼んだ。二人が白猫を探しまわっていることは百介の耳にも入った。

結寿お嬢さまの一大事――。

百介も放ってはおけない。一緒に探していたところ、傳蔵が耳寄りな噂を聞き込んできた。ゆすら庵から武家へ送り込まれた女中が、隣家で白い猫を飼っていると知らせてくれたのである。

町家は小源太の領分。が、武家屋敷となると傳蔵も小源太もお手上げで、武家の小者の百介の出番である。

百介は早速、旗本屋敷へ飛んで行った。家来に問いただし、当の猫を見定めてきたという。

「元火盗改方与力、溝口幸左衛門の名を出せば、ちょちょいのチョイでございます」

元幇間という異色の経歴をもつ百介だが、口八丁手八丁だけでなく、捕り縄にも心得があり、なかなかの手練れである。少しばかり肩を怒らせれば、小柄でにぎやかなご面相でも、思いの外、にらみが利くらしい。

「では、猫は塀の隙間から入り込んだ、というのですね」

「へい。珍しい猫でございます。お殿さまがたいそうお気に入られて、可愛がっておられるそうにございますよ」

「困ったことになりました。お婆さまの猫です、お返しくださいと言って、すんなり返していただけましょうか」

「むずかしゅうございます。お殿さまというのが、評判のごうつくばりだそうで、西瓜の種でさえ、もったいないから吐き出さぬお人とやら……。なんでも貯め込んで、他人のためにはビタ一文、出さぬそうですから……」

厄介なことになってきた。いずれにせよ、お婆さまの猫だという証を立てなければ返してもらえそうにない。

「それにしても、なぜ、そんなところへ迷い込んだのでしょう」

「たしかに面妖な話でございます。ま、拝見したところ、あれは常ならぬ猫、おそらく異国の血が混ざっているのでしょう。となれば、ヒューッと空を飛ぶことだって……」

「馬鹿ね、いくらなんでも」

猫が空を飛ぶものですかと笑ったところで、結寿ははっと表情をひきしめた。

「おまえの言うとおりやもしれませぬ。そう。飛んだのです」

「へ?」

結寿の眼裏に、猫が空を飛ぶ姿が浮かんだ。雲に乗って……ではない。四角い箱にゆられて……。

「お旗本の屋敷は長坂だと言いましたね」

結寿は真顔で訊ねる。

「へい、坂の真んなかへんでございます」

「こちらから下って行くと、右手が武家屋敷町、左手が長坂町の町家ですね」

「へいへい、さようで」

「わかりました」

「いったい、なにがおわかりになったんで？」

「猫が長坂にいたわけです」

今や、結寿は確信していた。

あの日、お婆さまの膝から下りた猫は、渡り廊下か庭先で毛づくろいでもしていたのだろう。離れから出て来た髪結いの徳四郎は、猫に目を留めた。なじみの徳四郎なら、猫は逃げない。かまっているうちに思いつき、びん盥に入れて連れ去った。

結寿の話を聞いて百介もうなずく。

「しかし、なんのために髪結いが猫を盗むんで？　まさか、珍重な猫を売り飛ばして儲けようってんじゃァ……」

「それはないと思います」

徳四郎は実直な男である。私欲のためにお得意さまの猫を盗むとは思えない。

「なにかわけがあるのでしょう」

とにかく、徳四郎に会って問いただすしかない。

二人は長坂町へ行ってみることにした。

家を出る前に、結寿は台所へ行き、女中や下僕に訊ねる。

案の定、猫がいなくなった日、徳四郎は台所へは立ち寄らず、勝手口で髪結代だけ受け取って、そそくさと帰ってしまったという。しかも、あれ以来、徳四郎は小山田家へ来ていなかった。

廻り髪結いはいくらもいる。徳四郎が来なくても小山田家は困らない。いちばんの徳四郎びいきはお婆さまだが、そのお婆さまが寝ついているので、だれも徳四郎を呼びに行こうという者はいなかった。

「やはり思うたとおりですね」

「徳四郎とやら、とんでもねェ野郎だ」

「百介。頭ごなしに叱ってはなりませぬ。ここはわたくしに任せてください」

長坂町へ急ぐ道々、百介はしげしげと結寿を見た。

「お嬢さまは……いえ、ご新造さまは、見ちがえるようにおなりです」

「見ちがえる……」

「へい。勝ち気な武家娘が、今やりっぱな武家のご妻女だ。これならご隠居さまもご安堵(あんど)なさいましょう。お胸のうちではたいそう案じておられましたから」

幸左衛門は武骨で偏屈(へんくつ)な老人だ。結寿の結婚についても、非難めいた顔こそしなかったが、祝いの言葉もかけなかった。好いた人がいながら親の決めた家へ嫁ぐ孫娘を、内心では哀れみ、気にかけていたのだろう。

「りっぱなものですか。わたくしはまごついてばかりです」

百介の視線がいたたまれなくなって、結寿は顔をそむけた。

「でも、どんなにじたばたしていても、顔には出しませぬ。お祖父さまを心配させるようなことはいたしませぬ」

「ご新造さま……」

百介は目を瞬(しばたた)く。

二人は大通りを渡り、ゆるやかな長坂を下った。旗本屋敷を横目で見て、坂の途中から左手へ折れる。

徳四郎の住まいはすぐにわかった。路地の木戸(きど)に「髪結い　徳四郎」と書かれた木札が貼りつけてある。間口二間の小体な裏店だが、徳四郎の家は二階建てだった。

入り口の戸は開いている。

とっつきの板間で、徳四郎が商人——そこそこの店の番頭か——の髪を結っていた。自分の家で商いをする「内床」でなくても、手が空いていて客が来れば、むろん断る理由はない。

また客か……と期待をこめて入り口へ向けられた目は、いったんいぶかるように細められ、それから狼狽の色に変わった。

「じきに終わります。お掛けンなってお待ちを」

徳四郎は平静をとりつくろおうとした。

結寿は百介に目くばせをして、板間の端に腰を下ろした。百介は路地へ出たり、土間でしゃがんだり、徳四郎を牽制するためか、いっときもじっとしていない。

「へい。相すみやせん」

徳四郎が手拭いで客の両肩を払ったとき、二階で物音がした。

「具合はどうだい？」

客が二階を見上げた。

「へい。どうにかこうにか……」

徳四郎が答える。

「美味(うま)いもんでも食わせてやってくれ」

徳四郎は客がふところから出した銭を押しいただく。何度も頭を下げたのは、髪結代以上の銭を受け取ったためだろう。

二階にだれかいるらしい。しかも、そのだれかは尋常(じんじょう)ではないようだ。

「ありがとよ。また、頼まァ」

「へい。お待ちしております」

客を送り出した徳四郎は、一変、苦渋(くじゅう)にみちた顔になって、土間に両手をついた。

「申しわけござンせんッ」

「他人さまのもんをかっぱらっといて、申しわけないで済まそうってのかッ」

「百介ッ、おやめなさい」

結寿は百介をにらむ。が、徳四郎へ向けた結寿のまなざしも険(けわ)しかった。

「お婆さまはあなたをひいきにしておりました。そのあなたがお婆さまの大切な猫を盗むとは、いったいどういう了見(りょうけん)ですか」

「めっそうもねェ」と、徳四郎は声をつまらせた。うつむいたまま、声をしぼり出すようにして「盗むつもりなど、これっぽっちも……」と言いよどむ。

「盗んだじゃねェか」

「百介。おまえは黙っていなさい。徳四郎さん。盗んだのでないなら、なぜ、猫をびん盥に入れて連れ帰ったのですか」

徳四郎は驚いたように目を上げた。すぐにその目を伏せる。

「ほんのいっとき、ちょっとのあいだだけ、お借りしようと……すぐにお返しするつもりでおりました」

「それならそうと、なぜ先に言わなかったのですか」

「お婆さまの大切な猫です。おゆるしはいただけぬと思い……あきらめておりました。ところがあの日、渡り廊下に……それでつい、魔がさして……」

「いきさつはわかりました。なれど、ちょっとのあいだだけ猫を借りて、どうするつもりだったのですか」

「いっぺんでいい、愛らしい猫を抱かせてやりてエ、そうすりゃ、どんなに喜ぶかと……。それに、お婆さまは日頃から、あの猫には特別な力があるから病を治してくれる、とも仰せでございました」

ようやく事情が呑み込めた。結寿は二階へ目をやる。

「ご妻女ですか、お子さんですか」

徳四郎は洟をすすった。

「家内は三年前に死にました。娘です。十三になりますが……心の臓を病んでおりやして……医者からはもう長くはないと……」

お婆さまが耄碌していなければ、真実を打ち明けて、猫を借りることもできたかもしれない。けれど、お婆さまは自分の世界にひたりきっていた。口下手な徳四郎には、饒舌なお婆さまの話を中断して、自分の娘の話をする厚かましさはなかった。

「騒ぎにならねェうちにお返しするつもりでおりました。逃げられては一大事でございます。戸を閉め、びん盥のふたを開けてそっと抱き上げ、畳へ下ろしたとたん……ちくしょう、乙次郎の野郎が……」

裏店の隣人がガラリと戸を開けて入って来た。猫は驚いた。狭い箱に閉じ込められて怯えていたせいもあったのだろう、すさまじい勢いで逃げ去った。

徳四郎は蒼白になった。あわてて追いかけたが、もう姿はなかった。

むろん、近所を探しまわった。一軒一軒訊き歩き、稲荷の境内や馬場、掘割の周辺も探したが見つからない。

「大変なことをしてしまいました。お婆さまになんとお詫びしたらよいか……。なんとしても見つけ出してお返ししなければと、毎日、朝に夕に探し歩いております」

涙ながらに語る徳四郎は、心底、自分の行いを悔いているようだった。

結寿と百介は顔を見合わせる。

「武家屋敷も訊き歩いたのでしょうね」

「へい。ですが、あっしがお髪を結わせていただくのは御組屋敷のお武家さまがほとんどでございます。お大名家やお旗本家では、ろくに話も聞いてもらえず、門前払いにおうてしまいます」

無理もないと、結寿はうなずいた。

「お婆さまの猫は、お向かいのお旗本屋敷におります」

「今じゃ猫好きのお殿さまに可愛がられているそうで」

結寿と百介が同時に言うと、徳四郎は目をみはった。驚きはやがて困惑、そして落胆に変わる。

「お向かいのお殿さまでしたら、いったん手に入れたものはなにがあっても手放さないと評判の……ああ、大変なことに……どうしたらお返しいただけましょうか」

答えられるくらいなら苦労はなかった。

「そこが、問題なのです」

結寿はため息をつく。

名案も浮かばぬまま、結寿と百介は徳四郎の娘を見舞った。

娘は、薄暗い二階の、毛羽だった畳に敷かれたつぎはぎだらけの夜具にくるまって、苦しそうにあえいでいた。病み窶れた姿が涙を誘う。

それでも、結寿が額に手を置くと薄目を開け、すがるような目で見つめ返した。

「白い猫を、きっと抱かせてあげますよ」

結寿の言葉にかすかにうなずく。

娘が助かる見込みは、万にひとつもなさそうだった。

重い足で、三人は段梯子を下りる。

「ここはあっしにお任せを」

下りるなり、百介が言った。

「なにか名案があるのですか」

「いや。今はまだ……。しかし、この百介に解けねェ難題はございやせん」

「そうですね。徳四郎さん、百介に任せましょう」

「まことに、まことに、相すまぬことを……」

徳四郎はまたも這(は)いつくばる。

猫を奪い返しに命がけで旗本屋敷へ乗り込みかねない徳四郎によくよく言いきかせて、結寿と百介はそれぞれの家へ帰って行った。

五

一進一退ながらも、お婆さまは快方に向かっている。

口にするものは重湯から粥(かゆ)になり、床の上に座って庭を眺める時間も日に日に長くなった。

ただし、お婆さまの目はうつろだ。庭であって庭ではないなにかを見ているような……。いや、なにも見てはいないのか。

あの囀るような声も、楽しげな饒舌も、影をひそめている。

結寿は日に何度もお婆さまを見舞った。

お婆さまはもう結寿を「ツキエどの」とは呼ばない。他人行儀に会釈をするか、でなければ黙殺するか、そのどちらかだ。

「気に病むでない。お婆さまがおかしゅうなられたのは老いと病のせいだ。猫のことなど、とうに忘れておられよう」

万之助は憂い顔の新妻を気づかった。

おやさしい旦那さま、わたくしは果報者だわ――。

結寿は思った。本心から思った。いつかこうして、さりげない気づかいや、なにげない思いやりを交わし合っているうちに、夫婦の心は寄りそい、かたく結ばれてゆくのかもしれない。

そのくせ、お婆さまの猫が長坂の旗本屋敷で飼われていることを、結寿は夫に話さなかった。隠すつもりはなかったが、なぜか、話す気になれない。百介や小源太、ゆすら庵や隠宅へ出入りする人々は、小山田家の妻女とはちがう、もうひとりの結寿の思い出として取っておきたいと、無意識に思っていたのかもしれない。

長坂町へ徳四郎を訪ねた日から数日後。

任せておけと言った百介からはまだ知らせがない。名案は見つかったのか。猫奪還作戦は進んでいるのか。

気を揉んでいる結寿を、御門の警備から帰った万之助が手招いた。

「妙な噂を耳にした」

「妙な噂？」

「うむ。さる高貴なお方の猫が失せてしもうたそうな。真っ白な長い毛におおわれた愛らしい猫での、異国の血を引く珍重な猫らしい」

結寿はあッと声をもらした。

「お婆さまの猫ではありませぬか」

「おれもそう思う。が、噂では、お城で飼われていた猫ではないか、などと……」

「まァ、お城ですって」

では、将軍か大奥の姫さまの猫だというのか。

「はっきりとはわからぬ。探している者たちも飼い主の名を秘しておるそうで、それゆえ、かえって、お偉いお方の猫にちがいないと噂は大きゅうなるばかり」

「探している者たちとは、どなたですか」

「町方同心と火盗改方が手柄を競うておるそうだ。というても、あくまで内々の探索だそうでの、それもまた、憶測を呼んでいるのだろう」

お婆さまの猫が行方知れずになった時も時、将軍家の猫探しがはじまるとは、偶然にしてもできすぎている。万之助はしきりに首をかしげているが、結寿はもうその謎を解いていた。

これこそ、百介が考え出した名案にちがいない。

将軍家の猫がいなくなったと噂を広めれば、旗本も青くなる。後難を恐れて、向こうから猫を返してくるはずである。

百介ったら――。

結寿は忍び笑いをもらした。

けれど、どんなに名案でも、百介ひとりでは噂を広められない。そう。百介は強力な助っ人を動かしたのだ。結寿のために。

火盗改方はむろん、祖父の幸左衛門。だったら町方同心は……。

道三郎さまだわ――。

百介に助太刀を頼まれたとき、道三郎はなにを思ったか。忘れようとしていた痛みがたとえ疼いたとしても、道三郎はふたつ返事で引き受けたはずである。

動悸がした。

結寿は頰に両手をあてた。

「どうした？　なんぞ……」

「いいえ。あまりの偶然に驚いたのです。だって……」

「そうよの。世の中にはふしぎな話があるものだ。いやいや、やはりあの猫、ふつうの猫ではあるまい。将軍家の猫とお婆さまの猫は、恐れ多きことだが、共に異国の血を引いている。互いに呼び合うて、示し合わせて出奔（しゅっぽん）したのやもしれぬ」

そんな馬鹿な……と思ったが、結寿は真顔で相槌（あいづち）を打った。

猫は早晩、お婆さまのもとへ戻ってくるはずだ。

そして百介は、お婆さまへ猫を返す前に、徳四郎の娘に抱かせてやるにちがいない。

「ふつうの猫でないなら、あの猫は奇跡を起こせるやもしれませぬ。起こしてほしゅうございます。お婆さまのためにも、病と闘っている娘さんのためにも」

万之助はけげんな顔をする。

結寿は目を閉じ、両手を合わせた。

六

お婆さまの膝（ひざ）の上で、猫が丸くなっている。

秋のすきとおった陽射しが絹糸のような毛をきらめかせ、お婆さまは白光のかたまりを抱いているように見えた。

「ねえツキエどの、あの赤まんま、わたくしは三杯もいただきましたのよ。だから
ほら、もうすっかりようなって……」

お婆さまは両手を顔のあたりまで持ち上げて、くるくるまわした。

「ツキエどのもたんと召し上がらなければいけませんわ。あら、小豆(あずき)が足りない？
それなら、うちのをお持ちなさいな。いいえ、だめだめ、ツキエどのに寝つかれた
ら、わたくしも退屈してしまいます。お手玉だってできないし、綾取(あやと)りだって……
ツキエどのしか、遊んでくださる相手はおりませんもの」

まわしていた手のひらはいつのまにか合わさって、お婆さまは首と一緒に右へ左
へ動かしている。

「まァ、ホホホ……さようですねえ。この子がおりました。ええ、ええ、そうでし
たわ。赤まんまを召し上がらなくても、この子を抱けば同じこと。この子にはふし
ぎな力があるんですって。長崎帰りのお人がそのように……」

お婆さまは合わせた両手を開いて、愛(いとお)しげに猫をかき抱いた。

猫は驚いてニャアとなく。

お婆さまの声は、唄(うた)うようにも囀るようにも聞こえた。笑いさざめくかと思えば

涙ぐんだり、すねてみたり……少女めいた声音で語られる話はとりとめがない。

それでも――。

結寿は少し、お婆さまの胸のなかで錯綜している思い出がわかりかけていた。

結寿が生まれるずっと前、それはお婆さまがまだ少女だった頃だ。江戸で疫病が流行り、おびただしい数の子供が亡くなったと聞いたことがある。なぜか死ぬのは子供ばかり、ふるえあがった家々では魔除けの赤飯を炊いて子供に食べさせたという。

お婆さまは、遊び相手の少女、ツキエを流行病で亡くしたのではないか。悲しさ寂しさに号泣したお婆さまも、しょせんは子供、ツキエのことはいつしか忘れて思い出すこともなくなっていた。

けれど、思い出は消えたわけではない。心の奥で眠っていた。異国の血を引く猫はふしぎな猫、奇跡を起こす力があると聞いたとき、お婆さまはふと、なつかしさと愛しさ、郷愁と悔恨、そして、自分を置き去りにしていなくなってしまった怨めしさと共に、早世したツキエを思い出した。

おそらく、そんなことではないか。

「おお、よしよし。なんとまァ、愛らしい猫だこと。ね、ツキエどの。この子の名を教えてさしあげましょうか。ツキエ、というのですよ。ホホホ……あなたの名をいただきました。だってねえ、この子は、あなた、なのですもの」

お婆さまは独りでしゃべっていた。それでいて、ときおり結寿に目を向けて、この上なくやさしいまなざしを送ってくる。

猫が帰ってきたせいだ。

百介の話では、猫は幸左衛門の隠宅の庭にある山桜桃の根元でミャアミャアないていたという。迷い込んだのなんのと申し出れば、もしや、盗んだのではないかと疑われて大罪をこうむるかもしれない。旗本家ではどうしたものかと悩んだあげく、猫の探索に駆けまわっている元火盗改方与力、溝口幸左衛門の隠宅を探し当て、こっそり置いて逃げたのだろう。

ともあれ、百介の作戦は成功した。

結寿が思ったとおり、百介は小山田家へ猫を返す前に、長坂町の徳四郎の家へ立ち寄った。徳四郎の娘に猫を抱かせ、願わくば病を治してやりたい。それが無理なら、せめて愛らしい猫をひと目、見せてやりたいと思ったのだが……。

少女はもう息がなかった。

「ほらほら、ツキエどのも抱いてごらんなされ。あっという間にようなりますよ」

思い出のなかの少女に語りかけるお婆さまは、現の少女が死んでしまったとは知らない。それは救いでもあるけれど……。

「あら、お婆さま。どなたかみえましたよ」

人の気配がして、結寿は体の向きを変えた。

おときか、おかつか。

「徳四郎さんッ」

徳四郎は、敷居際で平伏していた。

愛娘を失って、今や徳四郎は独りぼっちだ。さすがに以前よりひとまわり痩せたように見えたが、挨拶をする声はいつもと変わらず穏やかだった。

小山田家の家人はだれも、徳四郎と猫とのかかわりを知らない。

「まァ、よう来てくれましたね。お婆さまがお待ちかねでしたよ」

結寿はことさらはしゃいだ声で言う。

「お婆さま。髪結いの徳四郎さんですよ」

もじもじしている徳四郎を招き入れた。

「おやおや、うれしいこと」

振り向いたお婆さまの、はなやいだ声、無邪気な笑顔……。

「おまえさまがみえないので、髪がくしゃくしゃですよ」

お婆さまはちょっと唇を尖らせてみせた。

「相すみやせん。ご無沙汰を、いたしやした」

徳四郎はお婆さまのうしろへまわる。びん盥を脇に置いた。

「どうぞ、お話をお聞かせください」

「おや、そうですか。さいですねえ。それでは、今日はこの子の、ツキエの話をいたしましょうか……」

お婆さまの肩に、徳四郎は手拭いを掛ける。その目尻にきらめく滴に気づいて、結寿もそっと、中指で目頭を押さえた。

包丁騒動

田牧大和

『お前さんっ。一体、どういうつもりだいっ』

秋とはいえ、まだ暑さがたっぷりと残る八月の「鯖猫長屋」に、おきねの怒鳴り声が響き渡った。

おーしぃつくつく、と辺りで幅を利かせていたつくつく法師が、一斉に黙った。

拾楽は、絵筆を置き、外の方を見た。

土間で冷たい水瓶に張り付き、昼寝をしていたサバも、びろんと伸びた格好のまま、首だけ持ち上げている。

青井亭拾楽は、猫ばかり描いている、売れない画描きだ。

三十歳を随分と過ぎた独り身の男で、生白い瓜実顔に、下がり気味の糸目、女のような紅い唇は上も下も薄く、髪は総髪を首のあたりでひとくくりにしただけ。いまひとつ、しゃっきりしない見た目の男だ。

生臭嫌いで酒も苦手、無類の豆腐好きという変わり者で、長屋を纏めているおてるからは「豆腐同士の共食い」だとからかわれている。

土間で外の様子を窺っているサバは、大層珍しい、雄の三毛猫だ。風変わりな猫で、長屋で一番偉い。

妙な迫力があったり、ただの猫が太刀打ちできないような勘が働いたり。人には見えないものが視（み）えている風でもあり、人間（こちら）の言葉も考えも、すっかり見透（みす）かしている風でもある。

そして、サバを長屋で一番偉くしたきっかけは二年前。永代橋（えいたいばし）が落ちた騒動だ。

永代橋を越えた先の祭に行こうとした長屋の住人を、サバが止めたのである。

その前も、後も、サバは子猫の時から長屋の住人を幾度も助けてきた。

長屋の外では、「神通力（じんつうりき）のある御猫様だ」という噂（うわさ）まで立っているらしい。

そんなだから、とにかくサバは長屋で威張（いば）っている。

長屋だけでなく、どこへ行っても、威張っている。

加えて、サバは滅多（めった）にないほどの男前（おとこまえ）だ。

艶（つや）やかな縞（しま）三毛の毛並みは、白はどこまでも白く、茶は鮮（あざ）やか、とりわけ背中の青みがかった鯖縞柄（がら）が美しい。

きりりとした顔立ち、しなやかな足と胴、団子（だんご）のような短い尾。どこをとっても、殿様姫様の飼い猫もかくや、というほどの美猫（いろおとこ）なのである。

飼い主を顎（あご）で使うような威張りん坊（ぼう）でも、まあ、仕方のないことだろう。

拾楽を飼い主ではなく、子分だと思っているのかもしれない。

『さっさと、白状をおしっ』

再び、おきねが怒鳴った。

おきねの亭主は居酒屋の雇われ料理人、利助。おきねも同じ居酒屋で働いている。

未だ午前、夜遅くまで居酒屋で働いている二人が起き出すのは、いつもならもう少し後だ。

利助とおきねは、男同士か女同士の友のような夫婦で、微笑ましい睦まじさの清吉、おみつ夫婦とは色合いが違うものの、仲の良さでは負けていない。たまには喧嘩もするが、ここまで派手な奴は、初めてかもしれない。

サバが、こちらをじっと見ている。

——様子を見てこい。

榛色の目が、そう拾楽に指図をしていた。

一度、間をおいてもう一度、短い尾が、小さく振られる。

拾楽は、やれやれ、と腰を上げた。

「はいはい。ちょっと見てきますよ」

サバと拾楽が呑気な遣り取りをしている間も、おきねと利助は、大声でやりあっている。

二人一緒に喚いているから、何を言っているのやら、まったく分からないが。

外へ出ると、大工の女房、おてるがすでに外へ出ていた。

女にしては上背のある柳腰の女で、永代橋が落ちた時にサバが助けた、というのが、おてると与六夫婦だ。

拾楽の部屋は、長屋の木戸のすぐ手前、その奥がおてる夫婦の部屋、ひとつ飛ばした奥が、大騒ぎ最中の利助、おきね夫婦の住まいだ。

「賑やかですねぇ」

傍らに並んで声をかけると、おてるはちらりと拾楽を見上げ、応じた。

「賑やか、で済むような騒ぎじゃないよ。そう思ったから、先生も様子を見に出てきたんだろう」

「あたしは、サバに『見てこい』と言われたので」

おてると拾楽の他に、店子の姿はない。この刻限は、ほとんどが働きに出ていて留守なのだ。

おきね夫婦の向かいには、行商人の清吉の女房おみつと、まだ小さな市松がいるはずだが、おみつは気の優しい、少し臆病な女子だ。この剣幕に恐れをなして、息子と二人、小さくなっているのだろう。

そこへ、腰高障子の障子紙を破って、おきね夫婦の部屋から、小さな三毛猫が飛び出してきた。その勢いのままに、手毬よろしく、ころころと地面を二回りほど、転がる。

「さくら」

拾楽は、頭を抱えたくなった。

さくらは雌の縞三毛で、サバの妹分として日々すくすくと育っている、生まれて四月ほどの子猫だ。

幼いからか、そういう性分なのか——拾楽は、多分後者だと踏んでいる——、とにかくお転婆で、目が離せない。

「まさか、あの夫婦、さくらを投げたんじゃないだろうね」

おてるが呟いた。本気で心配してくれているらしい。

拾楽は、笑った。

「さくらが勝手に飛び出してきたんですよ」

「そういや、綺麗な飛び姿だったもんね。そうかい、あんなに高く飛べるようになったんだねぇ。すごい、すごい」

「急に始まった喧嘩に、驚いたんでしょう。あの高さを一気に飛んだんじゃなく、きっと障子のとこまで、戸をよじ登ったんですよ」

サバを見慣れているせいか、おてるや他の住人は、さくらを「すごい猫だ」と思っている節がある。

飼い主の拾楽が見る限り、さくらは、ありふれた猫だ。サバと同じように、人間には見えないものが、視えているようだけれど。

「さくら。こっちへおいで」

拾楽の呼び声に、さくらが駆けてきた。

まずおてるの足に額を擦り付け、挨拶をする。このあたりは、サバの教えが行き届いている。

それから、拾楽とおてるの間にちょこんと落ち着き、

――あー、びっくりした。

そんな風に、にー、とひと声鳴いた。

あの剣幕に怯えもせず、毛も逆立てていないあたり、腹が据わっているというか、大物だ。

娘らしい、優しい金色の瞳でこちらを見上げ、小首を傾げる。

――どっちでもいいから、だっこ。

と、強請っている顔だ。

おてるの眼尻が下がった。

「よしよし、怖かったねぇ、さくら」

画に描いたような猫なで声で話しかけ、さくらの小さな体を抱き上げる。

拾楽は、溜息を吐いた。

「まったく、お前は。姿が見えないと思っていたら、利助さんのとこへ遊びに行ってたのかい。あーあ、他人様の部屋の戸を、あんなにして。今度、サバに戸の開け方を指南してもらい」

サバとさくらは、長屋の店子の部屋へ好き勝手に出入りする。サバは、前足で器用に腰高障子を引き開けて。さくらは、サバの後をくっついていくか、戸の前で可愛く鳴いて入れてもらっているようだ。

店子達も、皆サバとさくらを歓待してくれる。このところさくらは、長屋の部屋を覗いて回るのが楽しいのか、あっちへ行ったり、こっちを覗いたりと、せわしない。

拾楽は、おてるに抱かれたさくらの耳の間を指で撫でながら、ぼやいた。

「おまえね。あんまり威張りん坊のサバの真似はしないでおくれ。いい娘猫になれないよ」

おてるが、おかしそうに笑った。

「まるで、お父っつあんみたいな言い振りだね」

みゃあ。

さくらが、飛び切り可愛らしい声で鳴いた。

拾楽は、再び溜息を吐いた。

サバと違って、さくらとは、まだすっかり話が通じている気がしない。

いや、この子猫は、こちらの言うことをすっかり分かっていて、惚(とぼ)けているのだ。

やはり、なかなかの大物である。

つかの間、二人と一匹で和(なご)んでいたところへ、派手に腰高障子の開く音が聞こえ、拾楽ははっとした。

さくらよりも不格好に転がり出てきたのは、利助だ。亭主を追うように、おきねが飛び出した。

手には、柳刃包丁(やなぎばぼうちょう)が光っている。利助の商売柄、恐ろしく切れる物だ。

「さくら、早く部屋へお戻り。出て来るんじゃないよ」

おてるが厳しい声で告げ、さくらを下ろした。

に、と応じて、さくらは言われた通りに拾楽の部屋へ戻って行った。

「お、おお、落ち着け、おきねっ」

腰を抜かした格好で、利助が女房を宥める。

「その柳刃は、いけねぇ。昨夜、研いだばっかりだ。せめてあっちの菜っ切りにしろ」

どの包丁がいいとか悪いとかではないだろうに。慌てているのか、呑気なのか分からない利助の言葉である。

感心している拾楽の横腹へ、いきなり肘鉄が飛んだ。ぐえ、と、妙な声が出た。おてるの仕業だ。

「何、高みの見物してるんだい。早くなんとかしとくれ、先生。女のあたしに、刃物がらみの喧嘩を止めさせるつもりかい」

「あー、はいはい」

拾楽は、のんびりと返事をした。

実のところ、まず、血を見るような大事にはならないだろうと、拾楽は見切っていた。

おきねには殺気がないし、頭に血が上っているようにも見えない。

とはいえ、そのつもりがなくても、人を傷つけてしまうことがあるのが、刃物だ。

「まあまあ、お二人さん」

ぼんやりと笑いながら、拾楽は利助とおきねの元へ向かった。

すぐ近くに立っても、二人はこちらを見ない。

包丁と視線を亭主に向けたまま、おきねは言い放った。

「放っておいてくださいな、猫の先生。あたしはどうでも、このひとから経緯を聞かなきゃいけないんです」

包丁を握るおきねの手は、真っ直ぐで迷いなく、震えひとつない。

そうですか、と拾楽はおっとり応じた。

「ご亭主と話をするのなら、刃物より、おてるさんか磯兵衛さんの方が、使えると思いますよ」

磯兵衛は、「鯖猫長屋」の差配だ。

かつて「磯兵衛長屋」だった長屋の名をサバに譲り、普段のまとめ役はおてるに任せているものの、いざという時には大層頼りになる、ごま塩眉のじいさんである。

「ね、そう思いませんか、利助さんも」

腰を抜かしたままの利助が、大きく、二度三度、頷(うなず)いた。

拾楽は、そっと、包丁を持つおきねの手に手を添えた。

驚くほど、冷たい。

思ったほど、落ち着いている訳(わけ)ではないらしい。

拾楽は、軽い調子で語りかけた。

「せっかく研いだばっかりの包丁を、落っことして刃こぼれなんぞさせたら、大変だ」

拾楽は、敢(あ)えて「物騒(ぶっそう)なもの」だの「危(あぶ)ない」だのとは、言わなかった。

おきねを怯えさせたくなかったのだ。

おきねが、あ、という顔で、自分が持っている包丁を見た。

小さな悲鳴が上がる。

「おっと」

取り落とす前に、拾楽がおきねから柳刃包丁を取り上げた。

さすがは料理人の家の包丁、いい刃だ。

ふぃぃ、と、利助が体中の力を抜くような溜息を吐いた。

「おきね、手前――」

「利助さん」

拾楽は、ほんの少し声に力を込めて、利助を遮った。

利助がしぶしぶといった顔で、口を噤む。

「さて。それじゃあ、まずはおてるさんに間に入ってもらいましょうか。ねぇ、おてるさん」

おてるを見た拾楽の手首を、おきねが捕えた。

「先生も――」

驚いて振り返った拾楽に、おきねは訴えた。

「先生も、一緒に話を聞いてやってください。どうか、お願いします」

いつの間にか側に来ていたおてるに、肩を叩かれた。

「そういう訳だからさ、猫の先生。ここは諦めて、あたしと一緒に夫婦喧嘩に巻き込まれとくれ。利助さん、いつまで腰抜かしてるんだい。さっさと部屋へ入るよ。向かいのおみつさんと市松坊をこれ以上脅かしちゃあ可哀想だ」

それから、拾楽に小声で告げる。

「できることなら、磯兵衛さんを煩わせたくないからね。頼むよ、先生」

今、磯兵衛はてんやわんやの大忙しなのだ。

根津権現の門前町、権現様の目の前に店を構える紅屋「河内屋」の内儀が、急な病であの世へ行った。

まだ若い、後妻だったという。

「河内屋」の主は、磯兵衛が暮らしている長屋の家主で、磯兵衛のへぼ将棋仲間でもある。

いきなり内儀を喪って抜け殻のようになってしまった主に代わって、磯兵衛は、「河内屋」の番頭と共に弔いの支度の差配をしたり、主を励ましたりで、「河内屋」にかかりきりだ。

ばたばたと「鯖猫長屋」へ顔を出し、おてると拾楽に、しばらくはこっちに目が行き届かないかもしれないから、よろしく頼むと告げ、形見分けに貰ったという色鮮やかなおもちゃを、市松にやってくれと母のおみつに渡し、ばたばたと帰って行った。

磯兵衛は、「鯖猫長屋」と、自分の住む「鯖猫長屋」よりも贅沢な長屋、両方の差配をかけ持ちしているつわものである。

その時も、相変わらずの早口でまくし立てていったが、その一方で珍しく疲れた顔をしていた。

確かに、今の磯兵衛さんを引っ張り出したら、気の毒だ。

拾楽は、仕方なくおてるに頷いた。

「いったい、何があったってんだい」

おてるが、まず切り出した。

利助とおきねの部屋だ。なんとなし、良い加減に散らかっている部屋で、さくらにとっては、格好の遊び場だろう。

四畳半の狭い部屋で、わざわざ離れて座った夫婦の向かいに、拾楽とおてるが収まった。

おきねは愛想も気風もいい、なかなかの器量よしだ。働いている湯島天神門前町の居酒屋『とんぼ』では、客あしらいの上手さとその見てくれで、頼りにされているという。

利助は、鯔背で気さく、「地味なたれ目顔は、見れば見るほど味がある」と言われている。料理の腕は飛び切り、こちらも『とんぼ』の人気者だ。

子は男二人で、十五と十六の年子。

午まで寝惚け、夜は子が寝てから帰って来る二親を見て育った兄弟は、「お天道様に合わせて暮らしたい」と言って、二年前、十三と十四の春、早々に奉公へ出た。

兄の一助は、木挽町の料理屋へ小僧として入ったが、かえるの子はかえるだ。人手が足りない折、ちょっと手伝った下拵えの段取りが主の目に留まり、料理人の見習いとなった。

弟の久次は、大工の与六に懐いていたこともあり、小さい頃から「大工になるんだ」と言っていた。兄と時を同じくし、与六の兄弟子に弟子入りした。

そんな息子達に対し、利助もおきねも、子供達が選んだ道だからと、気持ちよく――おきねは泣きながら笑っていたが――二人を送り出した。むしろ店子仲間で、野菜の振り売りの蓑吉、おてるの亭主の与六が寂しがっていたくらいだ。

かといって、息子達は二親を嫌っている訳ではなく、親想いで皆、仲がいい。

おてるは、「育て方が良かったんだか悪かったんだか、分かんないよねぇ。だって、いくら親孝行してもらっても、『親みたいにはなりたくない』なんて言われちゃあ、切ないじゃないか」としみじみ呟いていた。

息子達が巣立ってからも、夫婦は友のように、仲が良かった。だから、ごくまれに夫婦喧嘩をしても、心配をする者は、長屋にはいない。

だが、今日の喧嘩は様子が違った。

言い合いが聞こえてきた時から、拾楽はそう感じていた。

サバも寛いだ風でいながら、耳をせわしなく動かしていたので、「妙だ」と、気づいていたのかもしれない。

それはおてるも同じだったのだろう。だから、様子を見に出てきたのだ。

おてるが、きりきりと夫婦を問い詰める。

「刃物を持ち出すなんざ、やり過ぎだよ、おきねさん。けど、あたしはおきねさんをよく知ってる。亭主想いで、軽はずみなことはしない、生真面目なひとさ。だから、よほどの経緯があったんだろう。どうなんだい、利助さん」

二人は、黙ったままだ。

おきねは、まだ腹を立てているらしい。利助は、不貞くされている。おてるの言うように、おきねらしくないが、こんな利助も見たことがない。まるで、悪さが知られ、開き直ってふくれている子供のようである。

ふう、とおてるが溜息を吐いた。

「話してくれないんじゃあ、あたしの手には負えないね。差配さんか、成田屋の旦那に来て頂こうか」

成田屋とは、ちょくちょく長屋に顔を出す、北町の定廻同心、掛井十四郎の二つ名だ。派手な顔立ち、派手な立ち居振舞いから、人気役者の屋号で呼ばれている。

八丁堀の役人の名を出され、夫婦は二人揃って、顔を上げた。

拾楽は笑いを堪えながら、おてるの脅しに話を合わせた。

「磯兵衛さんはともかく、成田屋の旦那を巻き込むのは、ちょっと大袈裟過ぎやしませんか」

「何、生ぬるいこと言ってんだい、先生。この長屋はただでさえ、いわくつきって言われてるんだ。刃傷沙汰のいわくまで上乗せされちゃあ、たまらないだろ」

楽しそうだなあ、おてるさん。

拾楽は、また込み上がってきた笑いをかみ殺した。おてるは芝居好きなのだ。

「鯖猫長屋」のいわくは、幽霊、妖の類が多い。

そもそも、今拾楽が住んでいるのは、出ると噂が立った部屋で、その騒ぎでは、店子が随分と出て行ってしまった。拾楽とサバが来てから収まったが、その後も、おかしなものが入れ代わり立ち代わり、やってくる。

例えば。

遊女見習いの幽霊をくっつけて家移りしてきた戯作者、「翡翠に宿った」らしい女の子、「姉を助けたい」妹の幽霊。

そういう、幽霊お化けの類を、おてるは怖がらない、というより、気にしない。

亭主の与六が、「お化けよりおてるの方がおっかねぇ」と言っているからだ。

その当人が、お化けを怖がってちゃあ笑い話にもならないだろうという理屈らしい。

おてるは、これまでの「お化け」がらみの騒動は、屁とも思っていないのだ。ただ、妙な噂が立って店子がいなくなり、長屋が壊されるのは困ると考えていた。現にそういう話が出たこともある。

だがそれも、この夏、元店子で今は評判の饅頭屋「見晴屋」を切り盛りしている女主が「鯖猫長屋」を買い取り、「どれだけ店子がいなくなっても、長屋を取り壊すことはしない」と請け合ってくれた。

おてるの心配の種は、なくなっている。

つまり、いわくの上にいわくを上乗せされたらたまらない、という突き放した言葉は、利助とおきねから、何があったのか聞き出す芝居、方便という訳だ。

いつもながら、押し引きの加減が、巧いねえ。

拾楽がこっそり感心していると、おきねが口を開いた。

「このひとが、貯めてた金子を、使っちまったんですよ」

おてるは、黙っておきねを見ることで、話の先を促した。

「いつか、二人で小さな料理屋をやろうって、ちょっとずつ、貯めてたんです。居酒屋じゃなく、昼飯も出して、ちょっとは酒も出すけど、日が暮れてからも夕飯を売りにしよう。夜、早めの五つくらいには暖簾を仕舞える店にしたいねって。そうすれば、いずれ、一助と一緒に店がやれるかもしれない。そう思って、一生懸命貯めてた金子を、このろくでなしったら、こっそり持ち出しちまったんですよ」

話すうちに、おきねの目が潤んできた。

きっと、色々なものを切り詰めながら、少しずつ、懸命に、貯めた金子だったのだろう。

上の息子と一緒に店をやる日を、楽しみにしながら。早々に息子達を手放してしまったおきねは、傍目で見るよりも大きな寂しさを、抱えていたのかもしれない。

ちらりと、おてるが拾楽を見た。

先生も、なんとか言っとくれ。そういう目だ。

拾楽は、溜息を呑み込み、口を開いた。

「その金子を何に使ったのか、利助さんは言おうとしない、ということですか。それで、つい物騒なものに手が伸びた」

ぐし、と鼻をすすり、おきねが拾楽に訴えた。

「それだけじゃないんですよ、猫の先生。このひとったら、残った金子まで、持ち出そうとしたんです」

ここで、利助が口を挟んできた。

「こいつ、狸寝入りで、おいらのやることを盗み見てやがったんだ」

「盗んだのは、お前さんだろうっ。さあ、あの金子、どこへやったんだい。何に使ったんだい」

「おいらが稼いだ金だ、お前さんが稼いだ、お前にどうこう言われる筋合いはねぇっ」

「へえ、お前さんが稼いだ、ね。じゃあ、残ってた金子まで持ち出そうとしたのは、どういうことだい。あれは、あたしが稼いだ分だよ」

利助が、言葉に詰まった。

散らかった部屋と違い、金子はどっちが稼いだものか分かるほど、几帳面に貯めていたようだ。そこからも、おきねにとってどれだけ大切な金子だったのか、見当がつく。

利助が、しどろもどろの言い訳を始めた。

「あ、ありゃあ、ちょいと借りるつもりだっただけだ。そのうち返すつもりで――」

「へえ。返してくれるつもりだったのかい。そりゃ、いつの話さ。あれだけ貯めるのに、どれほど時が要ったと思ってるんだい」

「う、うるせぇっ。どうせあれくらいのはした金じゃあ、店を持つなんざ夢のまた夢だ。細けぇ金で、がたがた騒ぐんじゃねぇっ」

「なんだってっ」

再び、拾楽の脇腹に、どす、と、おてるの肘がめり込んだ。

軽く咽ながら、拾楽が、また始まった喧嘩に割って入る。

「ま、まあまあ、お二人さん。少し頭を冷やしましょう。ね、おきねさん。最初は、利助さんだって、おきねさんの稼いだ分には手をつけなかったんでしょう。利助さんも思い返してみてください。あたしが聞いた限り、おきねさんはひと言も『金を返せ』とは言ってない。何に使ったのか、教えてくれと訴えていただけだ。

まあ、言葉とやり方は、かなり荒っぽいですけどね」

仲のいい夫婦は、気まずそうに顔を見合わせた。

おてるが、重々しく頷いた。

「先生の言う通りだよ。少し頭を冷やすんだね」

「あたしの頭はすっかり冷えてますよ」

「おいらの頭は元から冷えてら」

声を揃えて憎まれ口を叩いた夫婦に、

「いいかげんにおしっ」

と、おてるの雷が落ちた。

「亭主の大事な商売道具を夫婦喧嘩に持ち出す女房と、一生懸命働いて貯めた金子を細かいなんぞと言う亭主。この頭のどこが冷えてるのか、教えてもらおうじゃないか」

にゃーお。

ふいに、低い猫の鳴き声が聞こえ、拾楽達は一斉に土間を見た。

閉めたはずの腰高障子がほんの少し開いていて、その手前にはしゃんと座ったサバの姿があった。

腰高障子を自分が通る隙間の分だけ、前足で器用に開ける。サバの得意技だ。

威張りん坊の縞三毛は、すたすたとやってくると、ひょい、と部屋へ上がり、おてるの膝に我が物顔で乗っかった。

おてるが、くすりと笑う。

「大将に、叱られちまったよ。お前がまず頭を冷やせって」

「すみません、偉そうな猫で」

拾楽が詫びると、からからとおてるは笑った。

「何言ってんだい。大将は偉そうじゃない。偉いんだよ」

はあ、と、拾楽は応じた。

おてるを始め、長屋の連中はサバを買いかぶりすぎだ。

妙なところはあるが、サバはしょせん、猫なのだ。

そのことを忘れると、手酷いしっぺ返しを食らうのではないか。

ぼんやりとした危惧を覚え、拾楽は軽く頭を振った。

一人働きの盗人をやっていた頃、この手の「虫の知らせ」は、外れた試しがなかったのだ。

拾楽が考えている間に、さくさくとおてるは話を進めていた。

「利助さん、なんだって黙って金子を持ち出したりしたんだい。店を持つって話、あたしは初めて聞いたけどさ。ずっと前から、こつこつ貯めてきた金子なんだろう」

利助は意地になっている。おきねにいくら問い詰められても、金子を何に使ったのか、打ち明けはしない。おきねは、それでは得心しない。

だから、おてるは、余計なお世話を承知で、敢えて訊いたのだ。

長屋のまとめ役に訊ねられれば、利助も口を開かない訳にはいかない。利助もおきねも、おてるには大層世話になっているし、何かあるとまず頼るのが、おてるだ。

けれど利助は、どこまでへそを曲げてしまったのか、ばつの悪そうな顔をしたものの、おてるにもなかなか答えようとしない。

にゃーおう。

とびきり低い声で、サバが鳴いた。榛色の瞳が、利助を睨んでいる。

——とっとと、話せ。

きっとそう言っているのだろう。サバは、女子に甘いが、野郎には厳しいのだ。

利助は、酷い顰め面をしていたが、やがてもそりと口を開いた。

「増蔵（ますぞう）兄いに、金が要ったんだ」

「誰だい、そいつは」

おてるが訊いた。答えたのは、おきねだ。

「このひとの兄弟子です。ずっと一緒に修業して、まるで兄弟のように付き合ってきたっていう」

「おきねさん、会ったことは」

拾楽の問いに、やはりおきねが頷いた。

「物静かで優しい、いいお人です。忙しさにかまけてずいぶん会ってないけど、小さな料理屋をひとりで切り盛りしてて」

ふむ、拾楽はひとつ頷いて、問いを続けた。

「その、兄弟子さんに金子が要る、と」

おきねが、しんみりとした声になって、利助に訴えた。

「それならそうと、最初（はな）から言ってくれりゃあいいのに」

女房の怒りは、すっかり収まった風だ。なのに亭主の頑（かたく）なな気配（けはい）は変わらない。

おきねが、利助に問う。

「増蔵さんに、何があったんだい」

「お前ぇにゃあ、関わりねぇ」

そっけない利助の返しに、再びおきねが、ぴり、と気を尖らせた。

すかさず、おてるが、

「その兄弟子ってお人、独身かい」

と訊いた。

おきねが首を傾げたので、利助が「へぇ」と短く、小さく答えた。

そこに微かな屈託が見えた気がして、拾楽は腕のいい料理人の顔を見やった。

おてるが、勇ましい様子で腕を組んだ。

「女房がいないんじゃあ、店の切り盛りも大変だろう」

利助が、俯いた。頷いたのか、おてるから顔を逸らしたのか、分からなかった。

「店が、立ち行かなくなったのかい」

おてるが続けて訊く。おてるの膝の上に収まっているサバは、気持ちよさそうに丸まっている。

黙りきりの利助を、おてるが急かした。

「どうなんだい、利助さん」

「関わりない」なんぞという口を利いたら、承知しない。そんな力が込められている声だ。

それは、利助も感じ取ったらしい。

上目遣いでおてるを見、拾楽に助けを乞うような視線を寄こしてから、開き直った顔で告げた。

「兄いは、転んだ拍子に、利き腕を折っちまったんだ」

小さな、けれど重たい間が空いた。

「それで。具合はどうなんだい。店は、どうしてる」

おてるが静かに聞いた。

「骨接ぎの話じゃあ、性質のいい折りっぷりだそうで、しっかりじっくり、動かす鍛錬をすりゃあ、元通りに包丁を握れるって話だ。店は、閉めちまってる。おいらが、『とんぼ』を休めりゃあいいんだがよ――」

濁した言葉尻から察するに、主が許さなかったのか。情のない男には思えなかったけれど。

拾楽は口を挟んだ。

「『とんぼ』のご主人は、利助さんの親方と仲がいいんでしたよね」

ああ、まあ、と応じた利助は、どうにも歯切れが悪い。拾楽はもうひと押しした。

「たしか、兄弟弟子だった」

利助が、気だるげに頷いたのを見て、更に続ける。

「増蔵さん、利助さんの間柄と同じだ。察するに、増蔵さんのことも、『とんぼ』のご主人は見知っているのじゃあ、ありませんか」

恨めし気な目で、利助が拾楽を睨んだ。

「先生、何が言いてぇ」

拾楽には、これ以上聞かないでくれ、と頼んでいるように聞こえた。だが、おてるの耳には違った色合いで届いたようだ。

「猫の先生は、心配してくれてるんじゃないか。なんだい、その言い草は」

おてるまで怒り出したら、収まりがつかなくなる。拾楽は長屋のまとめ役を宥めた。

「まあまあ、おてるさん。ただのお節介、知りたがりと言われりゃあ、返す言葉もありませんから」

「何言ってんだい。ただのお節介なもんか。もうちょっとで刃傷沙汰の騒ぎだったんだよ。こないだの騒ぎが、ようやく落ち着いたばっかりだってのに。向かいのおみつさんとこなんか、市松っちゃんの声もしないじゃないか。可哀想に、よっぽど怖かったんだよ」

「鯖猫長屋」はいわくつきの住人を引き寄せるらしい。幽霊騒ぎの他にも、親の仇を探す女子やら、盗賊やら、その頭やら、芝居小屋を追い出された役者崩れやら、色々な店子がやってくる。去った者もいれば、住み着いている者もいる。「親の仇を探す女子」――「見晴屋」の女主、お智は、「鯖猫長屋」の家主に収まっている。

かくいう拾楽自身も、かつては盗人であった。

だから騒ぎもしょっちゅうで、前の家主は長屋を取り壊そうとしていた。

お智が買い取ってくれたおかげで、落ち着いたものの、おてるにしてみたら、騒ぎは当分ご免、というところなのだろう。

おてるは、まくし立てた。

「さあ、これ以上手間をとらせないどくれ。きりきり、白状おし」

「白状って、おてるさん」

拾楽は、苦笑いでおてるを宥め、利助の問いに答えた。

「利助さんの口ぶりからして、増蔵さんに何かあるんじゃないかなって思いましてね。みんな知り合い、それも親方、兄弟弟子って間柄だ。増蔵さんがひとりきりで困ってるとなりゃあ、誰かが手を差し伸べるとこでしょう。なのに、なんとかしようとしてるのは利助さんだけで、それも『とんぼ』のご主人に止められてしまった。増蔵さんは、今、どうしてるんですか。骨接ぎの言う通り、腕を動かす鍛錬をしておいでなんでしょうね」

利助は、長いこと黙っていた。

気短なおてると、気が気ではない様子のおきね、二人を二度ずつ、拾楽が目線で黙らせて、ようやく利助が口を開いた。

「鍛錬は、してねぇ。だから心配なんだよ」

「金子が要ったのは、増蔵さんの当座の暮らしのためですか」

利助が、はっきりと首を振った。腹を据えたようだ。

「呪い師だ」

「呪い師だってっ」

声を荒らげたのは、おきねだ。

「呪いって、どんな呪いだい」

「おきねさん」

拾楽は、おきねを呼ぶことで、止めた。

ここは、他人のあたしが訊いた方がいい。

そう、目顔で伝えて。

おきねが大人しく座り直したのを確かめ、話を進める。

「どんな、呪いなんです」

「腕が、たちどころに元通りになる呪いさ」

＊

増蔵は初めのうち、骨接ぎの言う通り、腕を動かす鍛錬をしていたのだそうだ。

ところが、それがとんでもなく、痛いし辛い。

元々増蔵は、痛いことに辛抱がきかない性質で、昔から、包丁で指を切った、ちょっとやけどをしたと言っては、大騒ぎをしていたのだそうだ。

利助曰く、それでも、包丁の扱いは天下一品、繊細で丁寧な仕事をするらしい。

増蔵は思った。

これだけ痛く辛い思いをしても、腕はなかなか動くようにならない。骨接ぎに訴えても、辛抱しろ、のひと言で済まされてしまう。

他の骨接ぎを訪ねても、同じだ。

これは、おかしい。

本当に、元通りになるのだろうか。一生、包丁が握れないままになるのではないか。

疑いと心配が渦巻く心の隙間に入り込んだのが、呪い師だった。その呪い師は、いきなり増蔵を訪ねて、こう言った。

『いくら骨接ぎに通っても、無駄ですよ。骨接ぎは、言いませんでしたか。お前さんの鍛錬が足りぬからだ、と。それは、お前さんの腕を治せぬ言い訳でしかありません。私なら、たちどころに、その腕、治してみせましょう』

線の細い、女のような色男で、言葉遣いは丁寧、物腰は上品。およそ呪い師に見えない佇まいが、かえって増蔵を信じさせた。

呪い師が、増蔵自身の住まいや店、通った骨接ぎがどこか、なぜ骨を折ったか――釣りに行き、滑って転んだ拍子の出来事だった――まで言い当てたことも、効いた。

増蔵は、呪い師を信じた。

＊

「それで、増蔵さんの腕は、『たちどころに元通り』になったんですか」

利助は、弱々しく首を横へ振った。

拾楽が、頷く。

「でしょうね。また金子が要るんだから」

「腕に、良くねぇもんが憑いてるんだそうだ。生霊とか、妬みの念、とかなんとかだってよ。まずはそいつを祓わねぇと、良くなるもんも良くならねぇ。兄いは、得心がいっちまった。兄いの包丁の腕は昔から評判で、感心する奴もいたが、悪く言う奴もいたんだ。一本立ちしてからも、商売敵から嫌がらせの噂を流されたことがある。『いつまでも手と包丁でこねくり回してるから、あの店の魚は腐りかけてる』ってな。そんなことは、ある訳がねぇ。丁寧で細けぇのが、こねくり回してるように見えるかもしれねぇが、おいらがおろすより、よっぽど速ぇ」

「胡散臭いね」

おてるが、一言のもとに切り捨てる。サバが少しだけ開けたきりだった腰高障子が、乱暴に引き開けられた。

「そいつは、きっといかさまだっ」

喚いたのは、利助のはす向かいに住む魚屋の貫八（かんぱち）だ。利助とは気が合うらしく、しょっちゅう二人でつるんでいる。

皆の視線を集めたまま、貫八はまくし立てた。

「いかさまで、人を騙す時に使う、お決まりの手なんだ。前もって鴨のことを調べ上げて、神通力で知ったみてぇな振りをしやがる。聞かされた方は、なんでこんなに自分のことが分かるんだ、って驚く。そこに付け込むんだ」

「それ、本当かい、貫八っつあん」

聞いたおきねの声が、震えていた。

「治ってねぇんだろう。利助さんの兄弟子の腕」

「お前さん、お前さん――」

「手前（てめ）ぇら、煩（うるせ）ぇぞっ」

女房の訴えを遮って、利助が怒鳴った。おてると拾楽、おきねに問い詰められて溜（た）まった怒りと苛立（いらだ）ちを、まっすぐ貫八にぶつける。

「さんざ、人を騙して小銭（こぜに）稼いでやがった奴の言うことなんか、信じられるかってんだ」

貫八が、怯んだように一歩下がった。それでも、申し訳なさそうに食い下がる。

「だから、だよ、利助さん。だから、いかさまの手口が分かるんだ」

利助が、笑った。すさんだ笑いだった。

「貫八、お前えずいぶん偉くなったじゃねぇか。団扇でひっかけたはずがひっかけられ、もう少しで、おはまちゃんが身売りしなきゃならないとこまで、追い詰められた癖によ」

「言い過ぎだよ、ぴしりと利助さん」

おてるが、ぴしりと利助を叱った。

貫八は、二親を早く亡くし、まだ幼い妹を抱え、苦労をしてきた。そのせいもあって、魚屋で食っていけるようになってからも、怪しい手口で小金を稼いでいたことがある。そのひとつが、利助の言う、「団扇」の騒動だ。

「こいつで富札を扇げば、当たる」と、サバを描いた団扇を高値で売りまくったのだが、調子に乗って口にした「大当たりを請け合う」という言葉尻をとられ、上手の悪者に、「請け合ったのだから、当たり金を寄こせ」と迫られたのだ。

貫八の顔が、怒りで赤く染まった。妹大事の貫八は、おはまのことを言われると、容易く心が揺れる。

そのことを長屋じゅうが知っている。知っていて、敢えておはまのことを引っ張り出してきた意地の悪さに、誰より女房のおきねが、怒った。

「お前さん、なんてこと、お言いだいっ。貫八っつあんは、お前さんと、増蔵さんを心配して言ってくれてるんじゃないか。おはまちゃんのことは、それこそ関わりないだろうっ」

「うるせぇ、うるせぇ、うるせぇ――っ」

駄々子のように利助が喚いて、立ち上がった。

「もういい。おきね、お前ぇの金子なんざ、あてにしねぇ。おてるさんも、先生も、放っておいてくれ。おいらが長屋にいなきゃあ、おきねも物騒なもの振り回したりしねぇだろう。長屋に騒ぎが起きなきゃ、おてるさんにゃあ、関わりねぇ話だ。どうせ、みんな兄いのことを助けようなんて、思っちゃくれねぇんだ。だったら、もう、放っておいてくれ」

言いざま、土間に飛び降り、貫八を突き飛ばし、利助は部屋を出て行った。

「お前さん、どこへ行くんだいっ」

悲鳴のようなおきねの問いに、少し遠くから利助の答えが返ってきた。

『仕事だ、馬鹿野郎』

後味の悪い静けさが、部屋に漂った。

ふいに、サバがおてるの膝から降り、飛び切り呑気な伸びをした。

「まあ、ね」

おてるが、我に返ったように口を開いた。

「利助さん、仕事に行くって言ったんだ、心配することもないだろう。おきねさん、『とんぼ』に利助さんがちゃんと通うようなら、しばらく知らんふりをしてやった方がいいよ」

「ええ、わかった。おてるさん」

「残りの金子、差配さんに預かってもらうかい」

おきねは首を横へ振った。

おてるは分かった、と頷き、貫八へ声をかけた。

「貫八っつあん、気にするんじゃないよ。利助さんだって本気で言ってやしない。あたし達が寄ってたかって追い詰めたとこへ、運悪くお前さんが飛び込んじまっただけさ」

貫八は、ぎこちない笑みを浮かべたが、すぐに俯き、ぽつぽつと呟いた。

「今日は、鯛をおろしてやった客からあらを貰ったんだ。だから、たまには、おはまにうしお汁でも作ってやろうって、早く帰ってきたんだけどよ。がらにもねぇことするもんじゃねぇな」

それから、誰の顔も見ずに、じゃあな、と部屋を出て行った。

「貫八っつあん、うちの亭主が、ごめんよ――」

おきねの詫びに答える声はなかった。

再び、重たい静けさがやってきた。

おてるが、あーあ、と明るい声を出し、溜息を吐いた。

「うまく収めようと思ったんだけど。しくじっちまったね」

苦笑い交じりでぼやいたおてるの膝頭に、サバが額をこすりつけた。それから、おきねの手をぺろりと舐める。

女二人の顔が、和んだ。

「おや、大将。あたし達を慰めてくれるのかい」

おてるの問いに、団子の尻尾を軽く振ることで答え、サバもまた土間へ降りた。部屋を出て行きかけたところで、拾楽を振り返る。

「なんだい。腹でも減ったかい」

呑気な拾楽の問いに、

みゃ。

と、サバは飛び切り小さく短く、鳴いた。

いや、舌打ちされた。

「『この、役立たず』って、言ってるように聞こえたね」

呟いたおてるの声は、堪え損（そこ）ねた笑いで震えていた。

大喧嘩の夜、利助は長屋へ帰ってこなかった。

おきねによると、『とんぼ』ではいつも通り、きちんと仕事をして、客にも愛想よく振舞っていたそうだ。ただ、おきねにはひと言も口を利かなかった。

利助は、長谷川豊山（はせがわほうざん）のところへ厄介（やっかい）になることにしたらしい。

自分は、今、飛ぶ鳥を落とす人気戯作者と知り合いなのだ、転がり込んでしばらく贅沢をさせてもらうのだ、と、『とんぼ』の主に話しているのを、おきねは耳にした。

聞き耳を立てていたのではない。

その声が「馬鹿みたいな」大声だったのだ。

きっと自分に聞かせたかったのだろうと、おきねは言っていた。

次の朝、豊山が住んでいる贅沢な一軒家を拾楽が訪ねると――おてるに、見てこいと言われたのだ――豊山は楽しそうに「利助さんなら、寝ていますよ」と教えてくれた。

飯の支度は自分がやるから、しばらく置いてくれと頼んできたそうだ。

早速、朝飯を作って貰ったが、大層旨かったと、豊山は顔を綻ばせた。

「汁物代わりの卵料理が、格別でしてね。練り胡麻と溶いた卵を軽く味付けして蒸したものに、かつおだしの澄まし汁をかけてあるんです。本当はくず餡にしてとろみをつけるらしいんですが、生憎うちには、葛粉なんて凝ったものを置いているはずもなし。とはいえ、澄まし汁で十分、十分。昼飯、夕飯が楽しみだなあ。利助さんにはずっといて欲しいくらいです」

利助とおきねに何かあったのか。こっそり訊いてきた豊山を笑って往なし、自分がここへ様子を見に来たことは口止めして、拾楽は長屋へ戻った。

利助の様子を聞いたおてるは、鼻を鳴らして、心配することはなさそうだと断じた。

拾楽も、そう思う。転がり込む先が、独り者で、空いた部屋のひとつや二つ、気軽に使わせてもらえる元店子の住まいというあたり、随分ちゃっかりしている。

思いつめている訳でなし、行先を女房に伝えてきたのだ。

その夜、貫八が「井戸端呑み」に拾楽を引っ張り出した。「鯖猫長屋」の男達が、夜、井戸端で酌み交わすのは、ここのところの馴染みの眺めになっている。

前の日のこともあるし、無下に断れない。拾楽は、サバの冷たい目と、さくらの「あそんで」攻めを振り払い、外へ出た。

同じように引っ張り出されたらしい、色男の団扇売り、涼太が、顰め面で井戸端の割れ樽に腰かけていた。

拾楽は酒が苦手、涼太は大分馴染んだが、人付き合いが苦手。苦手同士、苦笑いを交わした。

貫八は、昨日言われたことで腹を立てているかと思いきや、利助を案じていた。

「だからよ、やっぱりどう考えても、いかさまだと思うんだ」

貫八の酒臭い息が顔にかかり、拾楽は顔を顰めた。

「どうして、そう思うんだい」

涼太が訊く。

「そりゃあ、おんなじ匂いがするからさ」

「おんなじって」

「昔の、おいらとだよ」

拾楽が、

「貫八さん、大威張りで言うこっちゃありませんよ」

と窘めた。涼太は苦笑いだ。

それに、と拾楽が追い打ちをかける。

「貫八さんの方が、その呪い師とやらより、随分大雑把でしたしね」

むう、と貫八が口をへの字にした。

「猫の先生は、褒めてるんだぜ」

涼太がさらりと告げた。

「え」

貫八の目が丸くなる。

涼太が言葉を添えた。

「貫八っつあんの性根は、そいつと違って悪党じゃねぇ。いい奴だってこった」

拾楽も、貫八を真似て口を尖らせた。

「勝手に、あたしの言葉の裏を深読みしないでもらえませんか」

貫八は、照れ臭そうに笑っている。

そんな顔をされると、こっちの方が照れ臭いし、居心地が悪い。

貫八が、上機嫌で拾楽の肩を二度叩いてから、話を戻す。

「やっぱり、涼さんも呪い師が、性質の悪いいかさま野郎だって考えてるんだな」

「おいらは、話を聞いただけだから」

涼太が、さりげなく言葉を濁したことに、拾楽は気づいた。

話を聞いただけで、何か感じ取ったのか。

涼太は、本櫓で女形を務めていた元役者だ。役者は、視える者が多いという。ただ、人には見えないものが視えることを、色男の団扇売りは、拾楽以外の店子には隠している。

貫八は、涼太に後押しをしてもらって、勢いづいた。

「大体、色白のなよなよした優男ってのが、気に入らねぇんだ。おっと、涼さんは違うぜ。女形ってのは女の芝居、れっきとした芸って奴だろ。それに今は、どっから見ても粋で鯔背な色男じゃねぇか」

「そりゃ、おてるさんあたりの受け売りですか」

拾楽の茶々に、貫八がぺろりと舌を出した。

「そんなに、心配することっちゃないと思いますけどね」

拾楽の言葉に、貫八がきょとんとした顔をした。

「利助さんですよ。廓やら女のとこ、すっかり後ろ向きになってる兄弟子のとこへ転がり込んだのならともかく、豊山先生のとこですからね。それも、律義におきねさんに知らせて行った」

「夫婦仲なんざ、心配しちゃいねぇよ」

貫八が、さらりと言った。

「あそこは、おいらが見た中じゃあ、一番仲のいい夫婦だ。そうじゃなくて、利助さんが兄弟子に巻き込まれて、にっちもさっちもいかなくなるのが心配なんだよ」

貫八は言った。

利助の言った通り、自分はかつて人をちょこっと騙しては小金を稼いでいた。咎めを受けない、ぎりぎりのところを上手く狙っていると勘違いして、得意になっていた。

だから、胡散臭い話に飛びついてしまう人のことは、よく分かっている。近視になり、周りの言葉に耳を貸さず、「胡散臭い話」だけを信じようとする。

そうなってしまった奴は、なかなか目を覚まさない。騙されてるとは思いもしないのだ。

「利助さんまでその呪い師に、こつこつ貯めた金子をつぎ込んでる。そいつは、利助さんも騙されてるってぇこっちゃねぇのか。心配するなって方が無理だし、おきねさんも可哀想だ。だからよ、先生」

そらきた。

拾楽は、そう思ったが、敢えて知らぬふりをした。

貫八が、拾楽へ顔を近づけた。酒臭い。

「利助さんの目を、覚まさせてやっちゃあ、もらえねぇか」

拾楽が口を開く前に、人のいい魚屋がまくし立てる。

「先生の言いたいことは分かってる。心配ならおいらが、まずやれってんだろ。けど、おいらの言葉を、きっと利助さんは聞いちゃくれねぇ。昨日の剣幕、見てただろう」

拾楽は、短く息を吐いた。

「利助さんのあれは、頭に血が上った挙句（あげく）、勢い余ってのことだと思いますよ。本心じゃない」

貫八が、寂しそうに笑った。

「分かってる。でも、利助さんの言う通りなんだ」

相当、こたえているらしい。利助の言葉ではなく、かつて自分の働いた悪さが。

「おいらの話は信用ならなくても、先生の言葉なら、利助さんは聞く耳を持ってくれる。いざとなったら、サバの大将に口添えしてもらうこともできるじゃねぇか」

拾楽は、ひんやりとしたものを感じた。

貫八もまた、サバが、猫だということを忘れている。

あまり、いいことじゃあないな。

黙った拾楽の意図をどう取ったのか、貫八は、しょんぼりと項垂れた。

ふいに、涼太が口を開いた。

「おいらは、この夏に来たばかりの新参者だから、利助さんを諭すことなんざ、できねぇけど。その呪い師を探るくらいなら、やれるぜ」

驚いたように、貫八が涼太を見た。

涼太は、かつての拾楽よりももっと、他の店子と間合いを取っていた。今はこうして「井戸端呑み」に付きあったりもするが、自ら手を挙げ「お節介」を引き受ける男では、なかったはずだ。

「いいのかい、涼さん」

そろりと、貫八が訊いた。涼太が、艶(あで)やかな笑みを浮かべた。

「大したこっちゃねぇよ。猫の先生も手伝ってくれるしな」

ふいに振られて、拾楽は軽く咽(むせ)た。

「なあ、先生」

涼太に念押しされ、拾楽は、まあいいか、と頷いた。

「ありがてぇ。おいらにできることがあったら、言ってくれ」

そうですねぇ、と拾楽は考える振りをした。

「何か分かるまで、大人しく商いだけに精を出すこと。間違っても利助さんの様子を見に行ったり、声をかけたりしないでください。それから、おきねさんを頼みます」

「お、おう」

たじろいだように請け合ってから、貫八はそろりと呟いた。

「先生、この頃、ちょっとだけおてるさんに似てきたぜ」

次の日の午過ぎ、拾楽は涼太に誘われ、外出(そとで)をした。サバもついてきた。

さくらは、おてるのところで遊んでいるので、そのままおてるに任せてきた。そろそろ、好きに出歩かせてもいい歳頃かもしれない。

涼太は、どこへ行くとも言わない。ただ、黙ったまま足を進めている。

「涼太さん。『女のような呪い師』に、心当たりがあるんでしょう」

前置きなしに確かめた。涼太が拾楽を見ずに、訊き返す。

「先生、なんで分かった」

その声は、楽し気に弾んでいた。

「呪い師を『胡散臭い』と言い切ってましたからね。大体、お前さんが、こんな人付き合いにどっぷりはまりそうな面倒事を、何もなしに引き受けるなんて、ちょっと考えられない」

涼太が、ふっと笑った。

女盗賊ばりの、婀娜な笑みだ。

「利助さんの兄弟子を鴨にしてるのが、おいらの知ってる奴なら、両国橋近くで稼いでる奴だ。知ってて知らんふりは、寝覚めが悪ぃからな。済まねぇな、先生。おいらが仕切っちまって」

「構いませんよ。あたしは涼太さんの手伝いですから」

「そりゃ、皮肉かい。響かねぇよ」

「おや、そうですか」

「先生だって、最初(はな)から首突っ込むつもりでいただろうが」

お見通しか。

心中で呟いて、拾楽もまた、笑った。一人働きの盗賊をやっていた頃の、あまり褒められない笑みになった。

「知らんふりしてても、いずれ、おてるさんに叱られるか、サバに鼻をがぶりとやられることになりますから」

涼太が、しみじみと言った。

「鼻をがぶり、か。サバの大将は、よっぽど先生のことが好きなんだなあ」

サバは、すまし顔だ。まったく、都合の悪い時は、人の言葉が分からない振りをするのだから、性質(たち)が悪い。

サバに文句を言う代わりに、拾楽は涼太に訊いた。

「気のせいでしょうか。サバの鼻がぶりを羨(うらや)んでいるように聞こえましたけど」

猫好きだという涼太は、笑った。

「一遍(いっぺん)、味わってみてぇなあ」

役者だった色男の顔に傷がついたら、まずいでしょう。

出かかった言葉を、拾楽はそっと呑み込んだ。

涼太は、役者にまだ未練がある。

少し考えて、拾楽は告げた。

「しばらく、サバの奴を貸しますよ。気が向けば、鼻がぶりで起こしてくれるかもしれない。お勧めしませんけど」

「そう言われると、余計味わってみたくなる」

くだらない遣り取りをしながら、二人と一匹で両国橋へ向かった。

根津宮永町から東南へ、不忍池を掠め、神田明神の東を抜け、神田川の昌平橋近くで、猪牙舟を頼み、一気に隅田川まで下る。

神田川と隅田川が交わったところが、両国橋だ。

サバは、人に合わせて歩くことに飽きたのか、疲れたのか、不忍池を離れた辺りで涼太に強請り、ちゃっかり腕の中に納まっていた。

拾楽と出歩く時は、こちらを置き去りにして、猫の縄張りもお構いなしに、どこまでも進んでいく癖に。

文句を言ってやりたいが、涼太の腕に大人しく納まってくれていたおかげで、猪牙にも乗れたのだから、仕方がない。

　両国広小路の少し手前で猪牙を降り、賑やかな川下へ向かう。

　両国広小路には、見世物小屋に芝居小屋、水茶屋や物売り、屋台が雑多に集まっている。人出もなかなかのものだ。これが、花火の刻限になると、もっと混むのだから、考えただけでぞっとする。

　それはサバも同じで、鼻に皺を寄せ、辺りを見回していた。涼太の腕から降りる気は、さらさらないようだ。

　涼太が、ちらりと笑った。

「飼い猫とその子分、どっちも人混みが苦手かい」

「その呼び方、なんだか変ですよ」

「通じるだろ」

　拾楽は、言い返すことを諦めた。

「で、そのいかさま呪い師は、どこにいそうですか」

　涼太が目で指したのは、両国橋の袂から隅田川に沿って立つ水茶屋の列だ。水茶屋は、見世物小屋にやってきた客や、物見遊山の客相手に、茶や団子、甘味を出す店で、器量よしの看板娘を置く店も多い。

　近づくにつれ、サバの機嫌が悪くなった。

鼻の皺が深くなり、毛は見る見るうちに逆立ち、まるでいが栗のようだ。

耳と鼻で、辺りの様子を忙しなく探っている。

「じっとしてろよ。迷子になるぜ」

涼太が、サバを宥めようと、首筋に触れかけた時——。

「うわ」

サバが、涼太の腕から飛び降りた。

「おい、大将」

慌てて追おうとした涼太を、拾楽はのんびりと止めた。

「あいつは、心配いりません。こっちの居所はいつでも分かるでしょうし、万が一はぐれても、自分で帰ってきます」

サバは、水茶屋の列へ向かって人の間を縫うように駆けていき、すぐに見えなくなった。

胡乱な瞳で、涼太が拾楽を見た。

「ここは、両国だぜ」

「ええ」

「猪牙にも乗った」

「覚えてますよ」

涼太が、感慨深げに呟いた。

「やっぱり、猫離れしてるな。大将は」

とんだ間抜けだ、自分は。

おてるや貫八のサバの扱いを気にしていた癖に、誰より自分がサバを「ただの猫」と見ていない。それをうっかり口にさえする。

拾楽は、自分を嘲笑った。

なにを、いちいち気にしている。

サバが一匹でどこへでも行き、どこからでも帰ってくること。どんな猫にも負けないこと。なまじな人間に攫われたり悪さをされるような猫ではないこと。どれも本当で、わざわざ拾楽が言わなくても、店子達は分かっているじゃあないか。

拾楽は、涼太に笑って見せることで、妙な臆病風を吹き飛ばした。

「あ、いましたよ」

拾楽は、水茶屋の上を指さした。

遠目でもそれと分かる美しい鯖縞柄を背負った三毛猫が、すっくと水茶屋の屋根に立っている。

「こうなると」

涼太が、サバを眺めながら腕を組んで言った。

「いよいよ、あの噂は、本当なのかもしれねぇ」

「あの噂、というと」

「呪い師の柳斎(りゅうさい)は、狐憑(きつねつ)きだ」

「いかさま呪い師は、柳斎というんですか」

訊いた拾楽に涼太は頷き、言葉を添えた。

「ところが、まるきりいかさまって訳でもねぇ」

「昨夜の口ぶりでは、そんな風に聞こえませんでしたよ」

「いかさまかどうかと、悪党か善人かは、別の話さ」

「そりゃ、確かに」

拾楽は頷いて、更(さら)に訊ねた。

「狐憑きってのは、どういう訳で」

「先生と似たようなもんだな」

首を傾げた拾楽に、涼太は当たり前のように告げた。

「油揚げが好きらしくてね。しょっちゅう、山ほど買い込んでる」

拾楽は、がっくりと肩を落とした。

「そりゃまあ、豆腐を揚げりゃあ、油揚げですけどね。あたしも、豆腐じゃなくて油揚げに目がなかったら、『狐憑きの画描き』って言われてた訳だ」

「はは。まさか。先生は妙な幻術なんか、使わねぇだろう」

「涼太さんは、視えないんですか。狐が憑いてるかどうか」

涼太は首を傾げながら、答えた。

「いつでも何でも、はっきり視える訳じゃねぇからな。なんとなし、奴には何かが憑いてるって気配が分かるくれぇさ。ちょいと視るだけで、狐なのかお化けなのか分かったら、団扇売りなんざやってねぇよ」

「そりゃ、そうだ」

そんな話をしながら、涼太は迷いなく、一軒の水茶屋へ向かった。

サバが屋根で陣取っている店だ。かなり流行っているが、器量よしの看板娘が店先にいる訳ではない。

「柏屋」の、小さな釣行燈が揺れる店の前に立つと、薄暗い中は女客が目立った。

やはり看板娘らしき姿はない。今時の水茶屋では珍しい。出入口に簾をかけ、あえて薄暗くしているのも、奇妙だ。

だが、その訳はすぐに分かった。店の奥、左の隅の床几だ。ゆうに客四人座れる床几を独り占めしている若い男が、こちらを見ていた。

前に樽を置き、占いに使う筮竹やら賽ころやらを並べている。

生成りの小袖に揃いの袴、髪は総髪だが、拾楽と違って顎のあたりでまっすぐに切り揃えてある。切れ長の目に赤くふっくらとした唇は、下手な女形より女らしく、そこいらの看板娘よりも人の視線を引き寄せる。

「あいつだ。『狐憑きの柳斎』」

涼太に小声で教えられる前から、拾楽には見当がついていた。

樽を挟み、柳斎の向かい、こちらに背を向けて座っている男が二人。そのうちのひとりは、背中で分かる。利助だ。もうひとり、小柄な男は、多分兄弟子の増蔵だろう。

蒸し暑いな。それに息苦しい。

拾楽は、店の中を見回した。

入口の簾のせいだろうか、人混みのせいだろうか。

まだ暑さは残っているとはいえ、いい風が、膝のあたりまで上げられた簾を揺らして吹き込んでいる。

客達も、涼し気な顔をして、茶を飲んだり団子を食べたりしている。

店の隅の柳斎を気にしながら。

涼太が小声で告げた。

「この水茶屋の客は、七分がた、柳斎の占い、呪(まじな)いの客なのさ。店としちゃあ、番待ちの間、茶だの団子だのを食ってくれる。客も呼んでくれる。柳斎がいてくれりゃあ、器量がいいだけの娘を、高い給金払って置かなくてもいいって訳だ」

「そうですか」

拾楽は、やっとのことで答えた。

「どうした、先生」

「いいえ、なんでも」

「具合が悪そうだぜ」

息が上がる。暑いのに冷や汗が出る。妙な息苦しさと暑さを感じているのは、どうやら自分だけらしい。

柳斎が、こちらを見ていた。

拾楽が、そっと自らの首に手をやった時。

「あら、かわいい」
「綺麗な猫だこと」
「この店の猫かしら」

女達の弾んだ声が、聞こえてきた。

鼠捕りのために、食い物屋、米屋、色々な店で猫を飼っていることは多い。敢えて飼わなくても、町中で暮らす猫に鼠を捕らせている店もある。店の中で猫を見かけるのは、そう珍しくない話だ。

「見たことのない猫ね」

その呟きに、拾楽はのろのろと振り返った。ゆっくり動かないと、体が傾ぎそうだったのだ。

青みがかった、鯖縞柄を背負った縞三毛の姿を、これほど頼もしいと思ったことはなかった。

サバは、まるで「鯖猫長屋」の溝板を進むように、偉そうに、ゆっくりと、そしてまっすぐ、拾楽に向かって歩いてきた。

「サバや」

自分の声が、微かにかすれていた。

拾楽の横をすり抜けざま、サバは飼い主――この場合、子分と言った方がいいだろう――を見上げてきた。

――まったく、手のかかる奴。

そう伝えてきた目は、いつもより青みが強い。

拾楽を見たのは、ほんのつかの間で、サバが、ずい、と前に出た。

鼠を捕る時、身のほど知らずの猫や犬に喧嘩を売られた時のように、短い尻尾が、ぷりぷり、ぷりぷり、と調子よく振られている。

拾楽から息苦しさ、暑さが、嘘のように去って行った。

そっと、長く深い息を繰り返し、落ち着きを取り戻す。

心配そうに顔を覗き込んでいる涼太に、拾楽は笑いかけ、「行きましょうか」と促した。

サバが二人に先んじて、店の隅へ向かった。

先ほど、確かに拾楽を見ていた筈の柳斎は、今度はすぐ側まで近づいても、視線を向けてこない。

樽の上には、見覚えのある、利助の銭入れが置かれている。

拾楽は、こちらに背を向けている利助に、声をかけた。

「利助さん」

利助が、はじかれたように振り向いた。

「せ、先生。涼さんも、どうしてここへ」

やーう。

サバが低く、叱るように鳴いた。

サバの姿を見た途端、利助は慌てた。

これ、と拾楽は銭入れを目で指し、訊いた。

「うわ、た、大将まで」

「どうしたんです」

利助の目が泳いだ。

「どうって、おいらの金子だ」

「ちょいと、失敬」

涼太が、するりと手を伸ばし、銭入れを取り上げた。ずいぶん軽そうだ。

利助が止める間もなく、銭入れの中身を取り出す。

金色の光が、拾楽の目を刺した。

「二分金が、二枚。結構な大金ですね」

拾楽は呟いた。

「この金子、どうしたんです。おきねさんが貯めた金子、じゃあなさそうですね。だったら銭や一朱銀も交じってるはずだ」

「先生にゃあ、関わりねぇだろう」

「商売道具の包丁、質に入れましたね」

利助の憎まれ口を聞き流し、確かめる。

利助は、答えない。

つまり、拾楽の言う通り、ということだ。

質屋は、金貸しだ。

客が預けた物――質草をかたに、金を貸す。

質が流れた――客が金を返せず、代わりに質草を貰い受けた――時は、質草を売って損を埋めるが、貸した金を返させるのが質屋の商い、利子が儲けとなる。

だから質屋は、必ず受け出しに来るような、客にとって大切なものを質草にとる。

鍋や親の形見の古びた櫛は勿論、「月代」や「ふんどし」という、可笑しなものまで、質草になる。

「月代」は、客が借りた金を返し、質草の「月代」を受け出しに来るまで月代に剃刀(かみそり)を当てられず、野暮(やぼ)でみっともない姿で過ごさなければならない。「ふんどし」は、金を返すまで手持ちのふんどしを洗えず、新しいふんどしにすることもできない、という訳だ。

　だから、料理人の包丁は、いい質草になる。ましてや利助の包丁はよく手入れがされていて、大切にしていることが、素人(しろうと)でもわかる代物(しろもの)だ。

　二分金二枚――一両の半分だ――くらいなら、質屋はあっさり貸すだろう。

　それまで、利助の傍(かたわ)らで隠れるように俯いていた男が、がばりと顔を上げた。

「利助っ、お、お前、包丁を質に入れたのか」

「増蔵兄い」

　利助は、ばつが悪そうに、男――増蔵を呼んだ。

「ど、どの包丁だっ」

　包丁を質入れした利助よりも、慌てている増蔵が泣きそうだ。

　増蔵が、問い詰める。

「柳刃か。菜っ切りか」

　利助は答えない。増蔵の顔から、血の気が引いた。

「まさか、一切合切（いっさいがっさい）」

利助は黙ったままだ。

「言えっ。どうなんだ、利助」

増蔵が、声を荒らげた。

しぶしぶと、利助が答えた。

「質屋が、ひと揃えじゃねぇと、金は貸さねぇって、言うもんだから」

「お前、おきねちゃんが、出してくれたって、言ったじゃねぇかっ。なんてことを。料理人が、包丁を質入れするなんて、なんてことを――っ」

増蔵の声が、大きくなった。周りの客が騒ぎ出した。

拾楽が、利助と増蔵を促した。

「ここは、一旦（いったん）出ましょう」

サバが、ふいに、にゃあ、と拾楽に向かって鳴いた。

「ああ、はいはい。分かってるよ」

答えて、白くて柔（やわ）らかな体を抱き上げる。

拾楽の腕に落ち着いたサバは、寛いでいる風に見えるが、耳も、逆立った毛も、青みが強いままの目も、気を尖らせている証（あかし）だ。

拾楽は、サバを軽く抱き寄せながら、「狐憑きの柳斎」に声をかけた。

「お騒がせして、申し訳ない。ああ、占いだか、呪いだか知りませんが、今日の分は、まだ始まっちゃいませんね」

「ええ」

ほんのりとした笑みと共に寄こされた答えは、甘く湿（しめ）っていた。

「それじゃ、涼太さんの手にある金子は、このままお返し頂いて。さあ、行きましょうか、利助さん、増蔵さん、涼太さん」

三人を急かして、拾楽は水茶屋の隅から離れた。

ひとりでに、急ぎ足になった。

「またのお越しを、お待ちしております」

甘く湿った声が、拾楽達の背中を追いかけてきた。

襟首（えりくび）を摑（つか）まれた心地（ここち）がした。


込み入った話は、「鯖猫長屋」へ戻ってすることにした。

利助の女房、おきねは勿論、おてると貫八、話を聞いた他の店子達も、皆、利助と兄弟子の増蔵のことを案じている。

道すがら、質屋へ寄って利助の包丁を受け出した。

増蔵が、どうしてもと、頼んだのだ。利子の分は、増蔵が持った。

長屋へ帰ると、仕事の終わった貫八、おはまの兄妹が心配そうに顔を覗かせた。

拾楽は笑むことで、二人に「心配いらない」と伝え、利助夫婦の部屋へ収まった。

顔ぶれは、夫婦と増蔵、拾楽におてるだ。おてるは、おきねが呼んだ。

ひとりで色々聞くには性根がどうにも据わらないからと、泣きついたのだ。

涼太は、「込み入った話は苦手だ」と、自分の住まいへ帰って行った。サバも、もう、自分の出番はない、とばかりに、さっさと拾楽の部屋へ戻った。

増蔵は、小柄でいかにも人がよさそうな、そして少し気が弱そうな男だった。

おきねは、利助が包丁を持ち出し、質に入れたことを知り、打ちひしがれた。

自分が金子を惜しんだせいだ。きちんと亭主の言い分を聞かなかったせいだ。

料理に精魂込めている亭主に、大切な包丁を質入れさせるなんて、女房の風上にもおけない。

おきねは、そう言って涙した。

おてるは、おきねの背を黙って擦った。

擦りながら、じっと拾楽を見据える。お前が話を進めろ、ということらしい。

いつもの、「飄々として頼りない画描き」を取り繕う力が、正直残っていないのだが、仕方ない。

拾楽は、零れかかった溜息を呑み込み、静かに切り出した。

「増蔵さん。呪いでお前さんの腕は、治りましたか」

増蔵は、黙ったまま項垂れた。左手で右手の肘の下あたりを押さえている。

次に拾楽は、利助に訊ねた。

「利助さん。このまま、あの優男の呪いを続ければ、本当に増蔵さんの腕が治ると信じてるんですか」

利助も、明後日の方を向いて何も答えない。

「まったく、子供じゃああるまいし。拗ねてりゃ誰かがなんとかしてくれると思ったら、大間違いですよ」

つけつけと言い放つと、おてるに「先生」と、軽く咎められた。

「すみませんね。ちょいと疲れてるもんで。今日のところは大目に見てください」

おてるは、苦い顔をしたが、すぐに頷いた。

「まあ、構わないよ。大の男二人が子供じみた真似してんのは、確かだからね」

助かります、とおてるに応じ、拾楽は二人の料理人に向き直った。

「返事がないのは、その通り、と取って話を進めますよ」

勝手に告げて、念を押す。

「改めて、利助さんに言っておきますが。これはあたし達、他の店子に関わりないこっちゃない。貫八さんも、おてるさんも、みんな、利助さんとおきねさんを心配してのことだって、分かっておいででしょう。あの人見知りの涼太さんだって、心配してるから水茶屋まで出向いたんだ。『鯖猫長屋』は騒動続きの分、みんな店子仲間が心配なんですよ。仲のいい夫婦だったはずのお前さん達が、刃傷沙汰を起こしかけたとなりゃあ、放っておけるわけがない」

「先生、それはあたしが勝手に――」

口を挟んだおきねを、拾楽は遮った。

「そりゃ言いっこなしです。きっかけを作ったのは利助さんで、利助さんに、夫婦で貯めた金子を持ち出させたのは、増蔵さんですから」

それまで、小さくなって項垂れていた増蔵が、顔を上げた。何か、覚悟を決めた顔だ。

「確かに、こちらの先生のおっしゃる通りでさ。でも、あっしは借りた金子は利助にちゃんと返すつもりでおりやした。その金子だって、これまで貯めたもんだって聞いてた。まさか、利助の奴が大ぇ事な包丁一式、質に入れるなんて」

拾楽は、ぴしりと言い返した。

「冗談言っちゃいけませんよ。包丁一式、質に入れるのがだめで、こつこつ貯めた金子なら使ってもいいなんて、誰が決めたんです。あたしがあの時利助さんを止めたのは、包丁がなけりゃ、商売にならないからだ。使い慣れた包丁がなけりゃ、『とんぼ』の大将も、利助さんの料理を楽しみに店へやってくるお客さんも、困る。稼ぎが減ったらおきねさんが困る。だから止めただけですよ。いつ金子が戻るかも分からないってのに」

「だから、腕が治ったら、うんと働いて少しずつでも返すつもりで――」

食い下がる増蔵を、拾楽は冷たく突き放した。

「本当に治ると思ってたんなら、とんだ世間知らずの道理知らずだ。それじゃ伺いますが、呪いでたちどころに治ると言われて、利助さんが金子を貸したんですよね。でも治らなかった。『たちどころに治る』は真っ赤な偽り、いかさまだ。なのに、まだあの呪い師にすがるんですか。そんなに、地道に鍛錬をするのが嫌ですか。弟子の夫婦仲を壊す方が、まだましですか。楽な方に眼が行っているお前さんに、本当に利助さんから借りた金子が返せるんですか」

「先生、もう、止めてくれ——っ」

利助が、喚いた。辛そうだ。

拾楽は黙った。

背中を丸め、項垂れた格好で、「止めてくれ」と利助が繰り返す。

利助はのろのろと顔を起こし、泣きそうな顔で笑って、拾楽を見た。

「分かってた。おいらは分かってたんだ。あの呪い師はいかさまだって。いや、いかさまを見破ったとか、偉そうなこっちゃねぇ。包丁が握れなくなった腕が、呪いや寺参りで治る訳がねぇ。少なくとも、おいらは聞いたことがねぇ。そんなことしてる間に、兄いの腕は動かねぇまま固まっちまう。骨接ぎがそう言ってた」

引き絞るように、女房のおきねが訊いた。

「だったら、なんで。お前さん、何でっ」

「おきね」

済まなそうに、利助が女房を呼ぶ。おきねが訴えた。

「金子が惜しいって話じゃないよ。呪いじゃ治らない、その呪い師はいかさまだって、分かってるくせに。早くしないと増蔵さんの腕は、動かないまま固まっちまうって分かってるくせに。どうして、呪い師に頼ったりしたんだい」

利助は、女房を見、ばつが悪そうな目で増蔵を見、そして女房に向かって打ち明けた。

「おきねだって知ってるだろうが。増蔵兄いは、地味で辛(つれ)ぇ修業はしっかりこなすくせに、痛ぇのは子供(がき)並に苦手だ。そこへきて、一度こうと思い定めたら梃子(てこ)でも動かねぇ。おいらが気づいた時にゃあ、兄いはあの呪い師に頼ってた。おいらが、もっと兄いを気にして、様子を見に行ってたら。だから、兄いが得心するまで、おいらが付き合うしかねぇ。呪いなんかじゃ、腕は治らねぇ。痛ぇのを辛抱して、鍛錬するより他はねぇってな。骨接ぎに『腕が固まっちまう前に、ちゃんと鍛錬をさせろ』ってぇ急かされて、正直焦(あせ)っちゃいたけどよ。兄いの性分はおいらが一番知ってる」

長い間をおいて、増蔵がぽつりと呟いた。

「済まねぇ。済まねぇ、利助。おきねちゃん」

それから、きっと顔を上げた。

「おいらぁ、鍛錬するよ」

利助を伴(ともな)い、「決死の覚悟」の顔をして骨接ぎへ向かう増蔵を見送り、拾楽は自分の部屋へ向かった。

漬物石が両肩に載っているような心地で、少し歩くのも億劫だ。心配そうに声をかけてきたおはまに、やっと笑いかけ、部屋へ転がり込む。

下駄を放るように脱ぎ、畳へ大の字に寝転がった。

水茶屋で感じた息苦しさも、妙な暑さも感じない。大丈夫。ただの疲れなら、たっぷり眠れば癒える。

なーお。

サバが、低く鳴いて拾楽へ寄ってきた。さくらの姿はない。またどこか店子仲間のところへ遊びに行っているようだ。

サバが、拾楽の手の甲を舐めた。ざり、ざり、と小さな音がする。

ざらついた肌触りと、温かさが心地いい。

うとうととしたところへ、いきなり胃の腑の真上に、どす、と重みがかかり、拾楽はわっと驚いた。頭だけ持ち上げて、こちらをじっと見ているサバに文句を言う。

「あのね、サバや。気遣ってくれてるんなら、腹の上には乗らないでおくれ。朝食べた豆腐が口から出ちまったら、どうしてくれるんだい」

にゃーお。

妙に楽し気に鳴いて、サバは胃の腑の上で丸くなった。

しようがないな。

拾楽は微苦笑で頭を下ろし、寝なおした。左手でサバの頭を撫でる。

腹を伝って、サバがぐぅぐぅと、喉を鳴らしているのが分かった。

「さっきは、助かったよ」

サバは、勿論答えない。

「けど、なんだってあたしだけ調子が悪くなって、視えるはずの涼太さんが平気だったんだろうねぇ」

サバの喉のぐぅぐぅが、止んだ。

サバの滑らかな毛並みをいじりながら、拾楽は呟いた。

「こりゃ、あたしが狐に目をつけられちまったかな」

それから拾楽は、サバとさくらの夕飯だけ支度し、朝まで眠った。腹にはサバとさくら、二匹分の重みが乗っかったが、よく眠れた。

久し振りに、サバの容赦ない「鼻がぶり」で起こされ、井戸へ顔を洗いに出たところで、おはまに「先生」と、声をかけられた。

おはまは、器量よしで敏く、気立てのいい娘だ。通いの女中奉公を掛け持ちしていて、どの店からも頼りにされている。

できた娘が、どういう訳か、拾楽に惚れているらしい。

おてるや、家主のお智は二人の仲を取り持とうとするが、拾楽は知らぬふりを貫いている。

面倒なのが半分、相手が脛に傷を持つ中年男では、おはまが気の毒だと思うのが半分だ。

おはまは普通にしてくれているので、拾楽も普通に店子仲間として接している。

「おや、おはまちゃん。おはよう」

「おはようございます」

おはまは、飛び切り綺麗な笑顔で応じて、手にした盆を拾楽に向かって、軽く掲げて見せた。

「これ、朝のお菜。お味噌汁に青菜ときのこの胡麻和え、それから豆腐です。部屋へ入れておきますね」

拾楽はおはまに近づき、顔を覗き込んで訊いた。

「まさか、また『籠善』まで行ってくれたんじゃないでしょうね」

おはまが答える前に、盆にかかっていた手拭いを持ち上げる。

案の定、旨そうなおぼろ豆腐が、籠にみっちりと盛られていた。

『籠善』は、神田川を南に渡った先、鎌倉河岸にある豆腐屋だ。このおぼろ豆腐は、安くて、飛び切り柔らかく、旨い。

おはまが、照れ臭そうに笑った。

「昨日、先生の様子が妙だったから。調子でも悪いのかなって。『籠善』さんのおぼろ豆腐なら、喉を通るかしらと思ってさっき買いに行ったんだけれど――」

言って、拾楽の顔を見つめ、気立てのいい娘は、ぱっと笑った。

「心配なさそうね。よかった」

「鯖猫長屋」から鎌倉河岸までは、十二町ほどある。

「朝の忙しい時に、わざわざ行くことはなかったのに」

冷たい言い方だろうか。そんな危惧がちらりと過ったが、おはまは嬉しそうに笑った。

「先生、嬉しそう」

「そ、そうですか」

「気にしないでください。あたしも食べたかったから。それに先生の具合も確かめたかったし。好物のおぼろ豆腐も喉を通らないようなら、お医者へ行ってもらおうと思って」

だって先生、自分のことは、すぐに後回しにするでしょう。

そう言い添えられて、拾楽は首の後ろを擦（こす）った。

「こりゃ、参った。ありがたく頂戴（ちょうだい）します」

うふふ、とおはまは笑って、「じゃ、部屋へ入れておきますね」と言い置き、踵（きびす）を返した。

そろそろ、通い奉公に出かける刻限だ。

「いってらっしゃい。気を付けて」

路考茶（ろこうちゃ）の古風な小袖の背中に声をかけると、はあい、と弾んだ声が返ってきた。

井戸へ戻って顔を洗いながら、ひんやりと考える。

あの娘の、細やかなところまで見える目は、とてもいいものだ。

けれどその目が、いつか、かつては盗人稼業（かぎょう）に手を染めていた自分を、抜き差しならないところへ追い込むのではないだろうか。

踊る猫

折口真喜子

京の酷暑を紛らわすかのような祭り三昧、喧騒の夏が終わり、街の中は夏の疲れとともに、秋を迎えるため、少しの間、静寂が漂っていた。

暦ではすでに秋だが、盆地の底に熱気と湿気が混ざり、ねっとりと肌にまとわりつくように澱んでいた。そんな秋の気を伏する三伏の候、といった夕暮れ時。白い雲の下に薄墨を垂らし込むように黒い雲が空を覆い始め、遠くで低く夕立を知らせる雷が鳴ったかと思うと、激しい雷とまっすぐな京の雨が降り出し、熱気が雨に溶けていく。

雷が遠ざかっていく頃には暑さも少しやわらいで、薄暗い部屋で穴熊のようにひっそりとしていた人々も、ほっとしたように這い出してきて、にわかに活気付いていた。

そんな中、夕立でぬかるんだ道を、小柄で顔の丸い武士姿の中年の男が歩いていた。いかにも真面目そうな、無骨な印象を与える男である。その左手に酒をさげ、ある家に着くと、玄関先から声をかけた。

「先生、ご在宅でしょうか」

すると、中から声がした。

「おう、岩次郎さんか。今、家内連中が留守やし、あがりなさい」

岩次郎と呼ばれた男は、通名を主水(もんど)というが、いまだに幼名の岩次郎で呼ぶこの老人、蕪村(ぶそん)に苦笑しながらも、内に入った。家の中は先程の夕立のため雨戸を閉めてあるのか薄暗く、奥の座敷から声がした。

「すまんな、今ちいと動けんのや。奥まで来てくれるか」

薄暗い部屋の中は外よりも少し蒸し暑い。無人の茶の間やらを進んでいくと、奥の座敷の真ん中に座っている蕪村がいた。すぐに座敷手前の中の間で膝をつき、挨拶(あいさつ)をした。

「ご無沙汰(ぶさた)でござります。先生におかれましてはつつがなく……」

「ああ、ほんまに久しぶりやな。岩次郎さんこそ、その活躍ぶりは聞こえてきとるわ」

蕪村は主水の堅い挨拶を遮る(さえぎる)ように、にこにこと笑いながら迎えた。主水は昔と少しも態度が変わらない蕪村を見て、少しほっとした。暗さに目が慣れよく見ると、蕪村の膝の上に黒猫が一匹丸くなって寝ていた。

「おや、先生は猫を養っておいでですか」

「いや、これはな、近所のばあさんが飼っていた猫や。先日そのばあさんが亡くならはってな。わしはどこかへ引き取られた思うとったんやけど、さっきの雨がぱらついてきたとき、雨の中、空き家になったばあさんの家の戸口に向かってちょこんと座っておってなぁ」

「はぁ」

「なんや、無性にかわいそうになってな。わし出かけてて、夕立前に急いで帰ってきたとこだったんやけど、ごろごろ雷嫌いやのに一人で留守番やし、その空き家から急いでさらって、家に連れてきたんや。最初はにゃあにゃあ鳴いて落ち着かんかったけど、やっと慣れたのか、ついさっきそっとわしの膝に前足を掛けてな、しばらくじーっと様子をうかがうねん。それでもわしが動かんでいると、やっと膝に乗って、丸うなって寝たとこや。で、岩次郎さん、そういう訳でわし、動かれへんねや。すまんけど、雨戸開けてくれるか」

主水は、ふっと笑いながら、はい、と返事をして雨戸を開け広げた。湿気た土のにおいと涼しい風が家中を通り抜け、吊るしてあった風鈴がちりん、と音を鳴らした。蕪村は、膝に猫を置いたまま、座った格好でずりずりと、縁側に移動してくる。猫が少し不満そうに顔を上げて、にゃあ、と鳴く。

「わかっとるがな。少し涼しい所に動くだけや」

蕪村は猫に向かってそう言うと、猫を撫でながら縁側にたどり着いた。主水は笑

いながら、

「少し台所をお借りします」

　と、蕪村の後ろから声を掛けて、酒の準備を始めた。


　主水と蕪村との付き合いは、かれこれ二十年以上になる。最初に出会ったのは、主水がまだ十五歳くらいで岩次郎と呼ばれていたころ、奉公をしていた玩具屋（おもちゃや）だった。当時まだ珍しかったびいどろ道具などを扱う有名な店で、主水は人形の作製を手伝ったり、カルタの絵を描いたりしていた。

　そこへある日、三十代くらいの男がふらりと店に入ってきた。そしてとてもはやっていた覗（のぞ）きからくりと呼ばれる箱を熱心に覗き込んだ。それはびいどろがはめ込まれた穴を覗くと、やはり最新の技術である遠近法で描いた絵がまるで実際に見ているような景色に見える、というものだった。男は穴を覗き込んだまま感心した様子で、

「この絵は旦那（だんな）さんが描かはったんですか」

　と主人の勘兵衛（かんべえ）に尋（たず）ねた。勘兵衛は奉公人の岩次郎を指差しながら答えた。

「あの岩次郎が描いたんですわ。なかなかのもんでしょう」

名前を呼ばれた岩次郎は一瞬顔を上げ、人懐こい笑顔を浮かべるその男をちらりと見たが、すぐに人形を磨く仕上げの作業に戻った。だが気になるらしく、そっと二人の会話に耳をそばだてていた。

「ほう、岩次郎さんか。若いのにたいしたもんや」

男は岩次郎に聞こえるように褒めてみたが、いささかも反応しない岩次郎はまるで一人前の職人のように見えた。

「うーん、なかなか……。ご主人、岩次郎さんに絵の修業させてみたらどうです？ ひょっとしたら化けるかもしれませんよ」

勘兵衛は少し驚きながら、男に尋ねた。

「お客さんは……？」

「あぁ、すんまへん。わしも絵を描いたり俳諧をやったりしとるんですわ。蕪村います。まだ江戸から帰ったばかりで、京じゃこれからですけど」

蕪村がそう言って笑うと、勘兵衛はうなずきながら声を落として言った。

「実は私も少し考えてはいたんですわ。お客さんもそう思われますか」

蕪村も釣られて声を落とし、勘兵衛に言った。

「岩次郎さん、あんなに若いのに真面目そうな職人気質に見えます。きっとすぐに上手くなると思いますわ」

そのやり取りは岩次郎に聞こえなかったが、男の名前が蕪村、というのは聞こえていた。そしてその後も二人は話していたが、蕪村が帰った後も、勘兵衛は考え込んでいるようだった。それから何日か経ったある日、岩次郎は勘兵衛に呼び出された。

「岩次郎、明日から京狩野家の石田様のところへ絵を習いに行きなさい」

岩次郎は驚きと嬉しさで返事ができなかった。幼い頃から絵を描くのが好きではあったが、家が貧しくすぐに奉公に出され、絵を描くことを諦めかけていた。それが今この店で、少しでも絵を描けるようになり、ありがたいとさえ思っていた。

「仕事と同じやで。基本を、始めをしっかり真面目にやるんや」

「はい！　きっと真面目に、しっかりやります！」

岩次郎は、きっかけを作ってくれたのであろう蕪村の名前を決して忘れまい、と心に決めた。

それからの岩次郎は、蕪村の見立て通りトントン拍子に、画業が上手くいった。元々絵の天分にも富み、真面目な職人気質が幸いしたのか、絵を習い始めて基礎を学ぶとその技術は瞬く間に上達した。すると店の出入りの寺などから絵の仕事をもらえるようになり、さらには一、二年もするとその寺の高貴な尼僧に、真面目で温厚な性格と絵を認められ直接仕えるようになった。

それから岩次郎は、寺に仕えている十年程の間に、蕪村の噂もちらほらと聞くようになっていた。噂によると唐画とよばれるものを描いていて玄人好みの絵と聞いてはいたが、実際にはまだ見たことがなかった。ある日、その蕪村の絵を見る機会が巡って来た。時々絵を頼みにくる呉服商が蕪村の絵を仲介して今手元にあると岩次郎に話したのだ。

「その絵、拝見できませんか」

岩次郎は頼み込んだ。

「ええですけど……。岩次郎さんの見本になるような絵ではありませんよ」

呉服屋の主人は笑いながらも見せてくれた。それは六曲屏風の山水図だったが、岩次郎は息を呑んだ。柔らかく、全体を流れる雰囲気。おそらく宋代の山水画を参考にしていると思われるが、またそれとも違った雰囲気だった。

「どないです？　まあ優雅で綺麗な絵を好む、やんごとないお人やらには受けへんと思いますけど」

岩次郎はあまりにも自分と違う絵に、見入ってしまった。

「それでも一人でここまで描けるようになるのは、たいしたもんですわ」

「独学ですか」

岩次郎はまた驚いた。

「へぇ。このお人は書もおもしろいんですよ。なかなか達筆なんやけど、やっぱり人と違っているんですわ。款はこんな字を書くかと思えば、版下文字は全く違うすっきりした字も書く。どうもそれも独学らしいんですけど、たいしたもんですわ」

岩次郎は言葉を失った。赤手空拳、という言葉が頭に浮かんだ。

「誰にも頼らず、これだけのものをたった一人で……」

「さいですな。またおもしろいのはこのお人、晩成型なんですわ。なんや二十、三十代の頃はどっかふらふらしてたみたいなんですけど、五十を前に絵も書もどんどんよくなってますわ。あ、元々は俳諧をしてはるらしいんですけどね」

「本業は俳人なんですか？」

「へえ。俳諧もなかなからしいんですが、俳諧で儲けようとは思っていないらしいですわ。奇特なお人でしょう？　で、食べるために絵をやっているんでしょうな」

岩次郎は蕪村の居場所を聞き出した。自分は恵まれた絵の環境にあるとは承知していたが、最近その絵にも環境にも何か物足りなさを感じていた。その何か自分でもよくわからないものが、蕪村の話と絵にある気がしたのだ。そして蕪村の居場所を聞くと矢も盾もたまらず、すぐに向かった。しかし最近留守が多いらしく、その日も不在だった。そして何日か通い、やっと自宅前でそれらしい人物を捕まえることができた。

「蕪村先生でいらっしゃいますか」

岩次郎はそっと尋ねた。

「へぇ、どちらさんで？」

「あぁ、よかった。やっとお会いできました。十年以上も前のことで先生はお忘れでしょうが、玩具屋の尾張屋で奉公をしていました岩次郎と申します。そのとき私の描いた浮き絵を褒めていただきました」

蕪村は少し考え込んだが、すぐにぱっと明るい顔をした。

「……あぁ！　あの絵の上手い丁稚さんや」

「実はあの後、先生のお口添えのお陰で絵を習いにいくことができたんです」

蕪村は相変わらずにこにこと笑いながら、家の中へ岩次郎を案内した。

「ほう、それはすごいな。して今も絵を？」

「はい、お陰さまで今は絵師として蓮池院様に仕えております」

蕪村は、茶を入れる手を止め、驚いた。

「ああ、噂は聞いております。眼鏡絵や花鳥図とか……」

蕪村も最近蓮池院に腕のよい絵師がいるという噂は耳にしていた。

「えらい出世しはりましたなぁ」

「それもこれも先生のおかげです」

「いやいや、わしは何も。しかしあの岩次郎さんがなぁ……」

蕪村はうれしそうに言ってくれた。

「実は先日、先生の絵を拝見したんです。驚きました……。しかも先生は独学で絵を習得されたとか」

「いや、お恥ずかしい。食うための画業で、それもまだまだですわ」

「しかも本業は俳諧をなさっているのでしょう?」

蕪村はその言葉を聞き、少し真面目な顔になって答えた。

「それですわ。実は今やっと少し画業で食えるようになったんで、本業の為にもまた修業に出ようかと思っています。それで最近ばたついていまして」

「えっ、修業ですか? どちらへ……?」

「讃岐です。この旅が終わって、修業がうまくいったと思えたら、京へ戻り文台を開こうかと思っています」

「文台開きというと……」

「実は今、亡くなった俳諧の師匠の名前を継がないか、と話があるんですわ。でもわしはまだまだや、思うんです。まだもう少しなんかできるんやないかと。それで前々から考えていた讃岐へ行ってみるのもええかと思いましてな」

岩次郎は、この五十を前にしてさらに修業を積もうとする蕪村の姿勢に、自分の主人に請われるまま絵を描く生活が安穏として恥ずかしく思えてきた。

「お忙しい時に突然お伺いして申し訳ありません。……実は私も先生のように絵が描けるようになりたいのです」

岩次郎の思わず出た言葉に、蕪村は少し驚いたような表情を見せたが、また笑いながら言った。

「何を言ってはるんですか。岩次郎さんはもう立派な絵師で、ちゃんと描いてますやろ」

「……私は周りの人に恵まれて絵を描けていただけです。自分で切り開いた訳ではない……」

岩次郎は小さく呟いた。

「それでも今のような絵が描けるんは、岩次郎さんの努力もあるからですやろ。わしも、いろんな人の世話になってますわ」

「でも先生は自分で切り開いてらっしゃる。私もそんな絵が描きたいのです。他にはない、先生だけの絵です。絵、そのものもそうです」

蕪村は、ふむ、と少し考え込んでから言った。

「なるほど。……では岩次郎さんがもし、もっと広く絵を学んでみたいと思うなら、独り立ちしてみるのもええかもしれませんな。でも、なかなか一人では大変なことも多いもんです。岩次郎さんの腕なら大丈夫とは思いますが、はたしてそれがいいのかどうかはわしにも……」

それはこれまで何度も頭をかすめては押し殺していた考えだった。いろいろな人の縁で今の自分の仕事ができていると思うと、独り立ちをすることはわがままなことに思えたのだ。ただ、それを蕪村から言われることによって、岩次郎の覚悟はあっさり固まった。

「過酷な環境が良い絵を生むのかは私もわかりません。でも、私も自分の力だけで試してみたいと常々考えてはおりました。……今、先生とお話をして決心がつきました。やってみるなら今しかない気がしています」

岩次郎のひたむきな態度に蕪村も協力を約束した。

「わかりました。微力ながらお手伝いいたしましょ。わしの家の近くでよければ空き家を知っています。話をつけておきましょう」

岩次郎は蕪村の協力に感謝した。そしてすぐに仕(つか)えていた主人にももっと広く絵の修業をしたいこと、もし許されるならもちろん主人の依頼も受けることを話し、独立を願い出た。主人は驚き引き止めたが、普段から温厚な人柄で愛されていた岩次郎の願いを許してくれた。そして岩次郎が蕪村の紹介で近くの家を借り、独り立ちをして名前を主水と改めた頃、蕪村も讃岐へと旅立って行った。

それから主水は一人でやっていくことの厳しさを目(ま)の当たりにした。生活も大変なのに、絵を描くための高価な道具などの工面(くめん)に苦労をした。それでも今自分にできることを、と筆と紙を外へ持ち出し写生をしたりして努力を続けた。主水は幼い頃貧しい暮らしをしていたので、好きな絵を描けていることを思えば、他人が心配するほど苦しい思いはしていなかった。そのうち、また前の寺の縁で仕事が入るようになり、努力の甲斐(かい)があってその名は広く世に知られることになった。讃岐へ渡った蕪村の名前も京にすむ主水の耳に届いてきており、精力的に活動をしていることを感じていた。そのことも主水の力になった。

　やがて二年の後、蕪村が京へ戻ったという話を聞きつけ、早速会いに行くと、蕪村は再会を喜んでくれた。

「蕪村先生、ご高名は京にも届いていましたよ」

「いやいや、お恥ずかしい。岩次郎さんこそ讃岐までお名前が聞こえてきましたで。わしなんて長い田舎暮らしで、京の新しい流れにはよう乗らんですわ」

　二人は、お互いに充実した二年を過ごせたことを感じ取り、話が弾(はず)んだ。

「ほら、こんなものが出たんです」

　主水は一冊の本を取り出し、ある場所を開いて蕪村に渡した。それは京で活躍する職業別の名人と呼ばれる人々の名簿だった。

「おや、これが岩次郎さんですか。今は主水さん、とおっしゃるんですな……。おお、近くにわしの名も……」

　京で活躍する画家の名前一覧に、主水の名と蕪村の名が並んで載っていた。

「なんやこれを見て、やっと先生と同じ土俵(どひょう)に上がれた思いでした」

「相変わらず真面目なお人やなぁ。ちっとも変わっておられん。絵も真面目に描いているんでしょうな」

「はい、絵だけではなく先生のように漢詩や史談なども学んでおります。そうすると、先生の絵に込めたものがやっと少しわかるような心持ちで、それをお話しできるのが本当に楽しみでした」

蕪村は、にこにこしながら頷いていた。

「そこでお忙しいところを恐縮ですが、お願いがあるんです……」

主水は宋代山水画を取り出し、蕪村に見せた。

「ほう、なかなかよい山水画や」

「はい。私はこの数年、自分なりに努力をしてきたつもりでいろいろな絵を描いてみました。山水もそうです。ですが、特に山水画についてはまだまだ何か足りない気がしています」

蕪村も山水画を見ながらうなずいた。

「山水は、特に山や川を写せばええっちゅうもんと違うしなぁ」

「はい。そこで先生がお忙しいのは重々承知なのですが、もしよろしければこの絵を写してみてくれませんか。私も写します。それを比べて自分に足りないものは何か、どうすればいいのか確かめたいのです」

主水は蕪村の気分を害さないよう丁重に言った。

「おお、競作をすると」

「ご気分を害されたら申し訳ありません、しかし私は先生がこの絵をどう表現されるのか見てみたいのです。そして私とはどう違うのか」

蕪村は気分を害する様子をみせることなく快諾した。

「おもしろそうですな。ただ、わし、これからちょっと忙しくなるんですわ」

「文台開きの件ですね、承知致しております。今すぐとは申しません、何年掛かっても結構です。私もその間、できる限りの力でじっくり描かせていただきます」

「ほな、ええわ。なんや楽しみやなぁ」

そう約束をしたものの、家が近いにもかかわらず、多忙な二人はなかなかゆっくり話すことすらできなかった。だが、近所で会うたびに蕪村は、

「覚えとります。も少し待ってな」

と言ってくれた。そうしてやっと山水画の件で再会できたのは蕪村が師匠の名、夜半亭を継いだ二年後のことだった。その夜、蕪村が主水を訪ねてきた。

「岩次郎さん、いてはりますか」

蕪村の声に主水は慌てて飛び出してきた。

「先生、お久しぶりです。夜半亭襲名、おめでとうございます」

「おおきに、ありがとうございます。その節は結構な祝いの品まで頂戴し、家内中が喜んでおりました。……さて岩次郎さん、約束を果たしに参りましたよ」

「それでは……」

「はい、あの山水画ようやくできましたわ。わし、近々引越しが決まりましてな、そのご挨拶も兼ねて参りました」

「そうでしたか。わざわざありがとうございます。さ、中へ」

主水は蕪村を家の中へと案内した。蕪村が借りていた見本となる山水画を主水へ返すと、床の中央へ掛け、それぞれの絵を両脇に三幅の画のように並べた。

「ほう、なかなか……。こうして並べてみると違うもんですなぁ」

蕪村が感心したように言うと、主水も、

「同じものなのに、まるで反対ですね」

と、作品に見入っていた。

「……なるほど、岩次郎さんの信念が見えるようですな。木は木のように、岩は岩のように。まるでそこにあるかのような、手触りがわかるような絵ですな。なるほどこうなりましたか。わしももう少し岩次郎さんのように丁寧に考えて描かなあかんなぁ」

「……先生の絵は……、一層雰囲気がでるようになっておいでですね。すべてが一体となっておられる……。ああ、私にはこれが足りない」

熱心に見入る主水を見て、蕪村は笑いながら言った。

「ふふ、相変わらずやなぁ。岩次郎さんはその作風でええんです。変えることはありません。ただ、何や感じることがあればそれを自分流に取り入れればよろしい。わしもいろいろ試しましたなぁ。お陰で、書なんて三通りくらいの字が書けるようになりましたわ」

「……そうですね。ありがとうございます、勉強させてもらいました」

「……でもなんや、これ、知らん人が見たらどう思うやろ。同じ構図なのに贋作にしては絵が違いすぎるし、そもそも違う落款がちゃんと入っとるがな、って不思議やろうな」

「確かに」

と、二人は笑った。そうしてその夜は三幅の絵を酒の肴に二人は遅くまで、語り合った。

二人の交流の甲斐もあってか、互いに精進を重ねる中で、主水の絵は以前よりも情緒的な雰囲気を取り入れ、蕪村も効果的に写実の構成などを取り入れた結果、評判はさらに高まった。蕪村は、俳諧の方でもその名を轟かせ、今や多くの門人も抱えているということだった。そうした忙しい毎日を過ごしていくうちに、また数年の年月が過ぎ去った。そんな中での主水から訪問したい旨の知らせを受け取った蕪村は喜んで応じ、またの再会となったのだ。

主水は酒の用意を整え、縁側の蕪村の側へ座った。

「今日、お内儀様達はどこかへお出かけですか」

蕪村はうれしそうに、猫が喉を鳴らすのを撫でながら聞いていた。

「ん？　ああ、もうすぐ盆も近いやろ。なんや寺である盆踊りやらの準備や稽古があるんやと」

「ああ、もうすぐ満月ですね」

「そうそう、生きたのも死んだのも猫もしゃくしも、まあるい月の下で踊る盆がくるわ。お、酒を土産にしてくれたんやな、おおきに」

蕪村は用意された酒を見てうれしそうに言った。

「死んだ者も混ざりますか」

主水は蕪村に酌(しゃく)をしながら、不思議そうに言った。

「混ざりますなぁ。お盆やし。わしもよく聞いたもんです。いつもの夜より明るい十五夜の月と盆燈籠(ぼんとうろう)が灯(とも)る中で、その分、影もできます。普段は暗い、夜は誰も通らないような寺への道々に盆燈籠が並び、ぞろぞろ寺に人が向かう中、一人歩いていたのに、あれ、さっきまでいたお連れさんは、と尋ねられただとか」

そう語る蕪村に主水は素直に言った。

「それはお盆の始めにお精霊(しょらい)迎えをしたからですか」

「そうそう、お迎えしたご先祖さんが一緒におるんや。だから盆踊りを踊っていても、中で踊っているもんはあまり気付かないらしいが、周りで見ているもんが気付いて、ああ、あの亡くなったじいさんがばあさんの後ろで踊っているやら、川で死んだ子供が踊りの中を駆け抜けていったとか」

主水は小さい頃から奉公に出ており、あまりそういった話を聞く機会もなく育ったためか、その手の話は苦手だった。

「そんなもんですか」

「じじもばばも猫もしゃくしもよう踊る……。せや、岩次郎さん、あんた本当に猫も踊るっちゅう話聞いたことありますか」

主水はあまり興味も示さず答えた。

「いえ」

「ふふ、岩次郎さんに話すと馬鹿にされそうで誰も言わんのやな。わしは昔丹後(たんご)におったことがありましてな、そこの榊原(さかきばら)殿というかたの古屋敷で夜な夜な猫又(ねこまた)がようけ出て、踊るから困ったらしいんです。猫も踊りが好きなんやろか」

「さあ」

主水は返事に困ってしまった。蕪村は猫を抱き上げて、

「お前、踊りは好きか」

と聞くと猫は、にゃあ、と鳴いて蕪村の手から逃げ、少し離れた場所でぱたんと横になった。

「そして他にもいろいろ聞いた妖怪の話が面白かったんで、大津絵(おおつえ)のように描いたら皆喜んでなぁ。寺の欄間(らんま)に張っておりましたわ」

「……」

実は主水はその絵を一度見ていた。二十歳(はたち)頃、寺で絵師として仕えている際に藪(やぶ)

入りで実家に戻ったときのことだ。丹後の寺に俳人が来て面白い絵を描いているとの評判が、主水の実家のある村にも届いていた。物見遊山のつもりで丹後まで出かけ、寺にあった絵を見たのだ。その時には既に巻物に仕立ててあり、巻物を開くとすぐに手ぬぐいを被った化け猫の姿が出てきた。化け猫に鉄砲を構える家臣の真面目な表情とそれを脅かそうとする化け猫の表情に主水は思わず笑ったのを覚えている。

「おもしろい絵でしょう？　あなたには絵が拙すぎて笑ってしまいますかな」

寺の和尚が言う言葉を慌てて訂正した。

「いえ、この妖怪という割には怖い感じがなくおもしろみがあって……。妖怪に対しての愛情すら感じますね」

そんなことを言ったのを覚えている。だがその時は確かに面白いが、主水の参考になる絵ではないと思っていた。遊び半分で描いた絵がこのように巻物にまでなって大切にされていることに多少の憤りさえ感じたものだった。

「岩次郎さんは絵を大事な仕事と思って努力をしてはるから、そんな描き方はやったらいかん、思ってますやろ」

「いえ、そんな……」

主水は図星をつかれて口ごもってしまった。

「いや、それはそれでええと思います。岩次郎さんはそれだけ仕事に誇りをもってはるんやから。聞いてます。岩次郎さんはよく外で花やら鯉やらを写していると。その描いている鯉は今にも紙から跳ねて出てきそうやったって」

主水はなんとなく、蕪村が自分を遠まわしに庇ってくれている気がした。

「……先生は私の批判もお聞きなのですね」

「ああ、秋成のことやな。あいつ岩次郎さんと同い年くらいやし、岩次郎さんが絵一筋に極めようとしてはるから、嫉妬してるんですわ。あいつはちっと飽き性のところがあるから、あっちこっち手を出してはポイ、や。そんな自分を棚に上げて人のことはまぁ、よう言うわ。気にせんとき」

蕪村は笑いながら言った。蕪村の門人である几董の父、几圭の教えを受けた上田秋成の主水批判は蕪村の耳にも入っていた。ただ絵をそっくりに写すだけなら本物を見たほうがマシだ、蕭白という奇抜な絵を描く者も、主水の絵は図だ、というようなことを言っていたとかの噂だ。

「そうですね」

主水は苦笑しながら言った。

「わしも言われるで。品がないとか、ヘタやとか。どうせ気に入った人しか買わんのやし、買わん奴はほっとけ、っちゅう話や。なぁ」

二人は顔を見合わせて笑った。

「わしは岩次郎さんの絵を見ていると、厳しさや真摯な態度がひしひし伝わってきます。見ているこっちの背筋がしゃん、と伸びる気がしますわ」

主水は黙って聞いていた。

「それに岩次郎さんの気持ちも分かるんです。岩次郎さんが生まれたのは、あの蝗で大変だった頃ですやろ。わしもあれがきっかけで江戸に出たようなもんやし。あのときはえらい大変やったわ……。岩次郎さんも小さい頃は大変やったんやろ？」

「……はい」

主水の実家は丹波の国、桑田の穴太村で、郷士ではあるが代々農業を家業としていた家の次男坊として生まれた。母は士族であり、三歳の頃こそ次男主水の生きる術として絵の才能を喜んではいたが、蝗の被害の上に折しも八代将軍の経済立て直しの時期とも重なり、年貢の取立てが今まで以上に厳しい時期だった。

「家は百姓で、その時期風雅を育てる余裕もなく、ことに長兄はその程度で何になる、ちっとも本物とは似ていないし紙の無駄だ、と馬鹿にするのでよく喧嘩になりました。それが悔しくて、幼いながらも密かによく写すことに修練を重ねておりました」

そして家計の苦しさから、八、九歳の頃より次男である主水は寺に小僧として奉公に出された。そのとき、美しい襖絵や仏画などを目の当たりにした。

「そして幼い頃から寺に奉公に出され……その際に仏画を見た私は、これを描いた人は仏を見たのか、と和尚に問いました」

「ほう、して和尚は何と？」

「仏画は心に仏が見えて初めて描けるもの、と。その仏が見えるためには仏が心に留まるように、日々行いをしなければならないと」

「はは、厳しいな」

「はい。さすがに今は全ての画家がそういう思いで画業をしているとは思いませんが、私の画業の基本はその思いです」

蕪村は主水のその言葉を聞いて少し考え込み、言った。

「……なるほど。岩次郎さんは、真の姿を描こうとしているのやな」

主水はうれしそうに、微笑んだ。

「そうかもしれません。実際見たことはない龍や動物も、まずより近いと思われるものを描き、自分の中で確かなものとして捉えることができてから描いております」

「ふむ、おもしろいな。どの画家も今までにはない奇抜なものを描き、人々を驚かすことこそが画家の個性だとか本分だと思っとるのに、岩次郎さんは逆なんやな。目の前にはない、見えないものをあたかも見ている如くに描き出す、か。単なる写生ではないんやな」

　その言葉に、主水は自分を理解してくれる蕪村の存在をこれほどありがたい、と思ったことはなかった。

「それで少しも無駄なことはせんとこう、いう性分になるのは仕方のないことやとは思うわ。それはそれで、とても美しいことや。しかし、も少しいろんな絵を描いてみるのもいい経験やな」

　そう言って蕪村が立ち上がって、縁側を離れようとすると猫が心細げににゃあ、と鳴き、蕪村の後を急いでついてきた。

「お、なんや、可愛い奴やな。わしどこも行かんで」

　顔をほころばせて猫を撫でるその様子を見て、主水は尋ねた。

「その猫はこのままお飼いになるのですか」

「ん？　いたいならいてもええし、どこか行って遊びに来たなら飯くらい食わせるし。でも猫は十年の約束をしとかんと、やっぱり化けるやろか」

「化けないでしょう」

主水はあっさり言った。

「ふふ、そういうときの岩次郎さんは頼もしいわぁ」

そう言いながら、蕪村は絵を描く道具を持ってきた。

「さてさて、わしは酔ってるし益々拙い絵になるけどな……」

そう言いながら紙にさらさらと、蕪村が実に楽しそうに、鼻歌混じりで描きだした。猫もその様子を見守る中、蕪村はしゃくしが着物を着て踊っている姿を紙の端へ描いた。

「ふふん、猫もしゃくしも、や。さ、岩次郎さんは化け猫が踊っているところを描いてもらえんか」

と言って、紙を渡した。主水は少し戸惑った。

「え……、あの」

「ほら、こんな感じじゃ」

そう言って、蕪村は猫を引き寄せ、その両前足を背後からつかみ、後足だけで立たせてひょいひょい、と踊るように前足を動かした。猫は嫌がってまた逃げて行った。主水は筆を握ったまま、その蕪村の様子と、かつて見た化け猫の絵を思い出していた。あの猫が踊りだしたらどんな感じだろう、きっと楽しげに……。そんなことを思いながら、いつもの観察による緻密な頭を働かせての絵ではなく、子供を喜ばせたい一心の勢いで描くような気持ちで描いてみた。蕪村のように鼻歌混じりとまではいかなかったが、描いているうちに、なんだか楽しい気分になってきた。幼い頃はこんな気持ちで絵を描いていたような気がした。

「……どうでしょうか」

蕪村は主水の描いた化け猫が踊っている絵を見て、うれしそうに言った。

「おうおう、よう描けとる。わしが昔描いた化け猫よりなんぼもええわ」

そう言うと、蕪村は主水の描いた猫の上に、

『ぢいもばばも猫もしゃくしもおどりかな』

と書き、隅へ、

『猫は應擧子が戯墨也
しゃくしは蕪村が酔画也』

と賛(さん)を書いた。そしてそれを眺めて、満足そうに言った。

「ふふ、応挙と蕪村の合作や。自慢しよ。これ、もろてもええやろか」

「どうぞ。私もこんなに楽しく描いたのは久しぶりでした」

雅号または諱(いみな)を應擧(まさたか)という圓山應擧(まるやまおうきょ)こと主水も、うれしそうに笑いながら言った。

「そうか、よかったわ。気晴らしになるようやったら、また遊びにきてくれたらうれしいわ」

「はい、ぜひ」

そう言って、二人で酒を酌み交わしていると、稽古をしているのか、遠くのほうから小さく踊りのお囃子(はやし)が聞こえてきた。明るい月の光の下で、酒を飲むほどに主水も踊りだしたくなる自分に驚き、これなら猫だって踊るかもしれない、と思っていた。

おとき殺し

森川楓子

岡っ引きの茂蔵が、まっくろな子猫を抱いて国芳宅を訪れた。

昨夜、長命寺の裏の一軒家で女が殺された。その亡骸のそばで、心細そうにうずくまっていた猫だという。

「飼い猫らしいんだが、まだ赤ん坊でな。うっちゃっておけば死んじまうに違ぇねえから」

引き取ってくれ、という。国芳は懐手のまま、仏頂面で話を聞いた。

「うちは猫の駆け込み寺じゃねえ」

険悪な顔で突っぱねたが、茂蔵親分は耳に入らぬ風をよそおい、子猫を畳の上に放した。

たちまち、この家に飼われている猫たちが寄ってくる。子猫は怯える様子もなく、きょろきょろしている。

絵師歌川国芳は、無類の猫好きである。捨て猫を見れば放っておけずに拾ってしまうので、家には常時十匹あまりの猫が居着いている。

「今更一匹くれえ増えたところで、変わりゃしねえだろう」

勝手な理屈を言って、茂蔵は真顔になった。

「それに、この猫は存外、役に立つかもしれねえんだ。死なせるわけにゃいかねえ」

「なんだって？」

「罪人の顔を見てるのは、こいつだけなんだからよ」

殺しの現場を見に戻った犯人を子猫が見分け、「にゃ！」と怒りの声を上げて飛びかかり、見事ご主人様の仇を取る……。

「なんてことが、あるかもしれねえ」

「ばかばかしい」

国芳は軽口に付き合う気も起きないようだが、黒い子猫がよちよちと寄ってくると、ひょいと抱え上げて膝にのせた。子猫は人なつっこく、国芳の指をぺろりとなめた。

国芳の顔がほころぶ。茂蔵が、してやったりと笑いを浮かべると、国芳はふたたび仏頂面を取り繕った。

「……で。殺された女ってのは何者なんだ？」

「そこよ」

茂蔵、声に力をこめる。

「俺が使ってる下っ引きの弥平、知ってるだろう」

国芳は嫌そうにうなずいた。

弥平は茂蔵の使いっ走りだが、すこぶる評判が悪い。若い頃は名うてのごろつきで、ヤクザ者とつるんで粋がった挙句、喧嘩騒ぎで死にかけたところを茂蔵に助けられた。以来、茂蔵の手下となって町内に睨みをきかせている。

立場を変えはしたものの、何かと威張りたがる悪癖は治らない。茂蔵の威を借りてふんぞり返る気性を、国芳は嫌っている。

「殺されたのは、あの弥平のおっかあなんだ」

しみじみ告げた茂蔵の言葉に、国芳も虚を突かれる。

「おっかあ……？」

「ああ。亭主に死なれて、女手ひとつで弥平を育てた、りっぱな婆さんだったよ。面倒見のいい婆ァでよ。俺も、若ェ頃に何かと世話になった」

茂蔵、しゅんとする。

「俺が弥平を引き受けたのも、婆さんの頼みがあったからだ。婆さんめ、それを恩に着て、何かと言っちゃうちに顔を出してくれた。団子やら佃煮やら、手土産にしてよ……」

茂蔵は肩を丸めて続けた。

「まさか、あんな死に方をするなんて。婆さんはな、喉を一文字に搔っ切られて死んでたんだ」

茂蔵は自分の喉に指を当てた。

「仏さんを見つけたのは弥平だ。あたり一面、血の海だったとよ。その海ん中で、この子猫がうずくまってたんだそうだ」

国芳の眉間に寄ったしわが深くなる。

茂蔵は言った。

「俺はどうしても、婆さんの仇を取ってやりてえ。婆さんを殺した野郎を、地獄に送ってやりてえんだよ」

「……ふん」

「できることなら、この猫に話を聞いてみてえもんだ。芳さん、おめえさん、こんだけ猫に囲まれてんのに、猫語のひとつもわからねえのかい」

「わかってたまるかい。おい、おひな」

国芳は弟子の名を呼んだ。

国芳のそばに控えて話を聞いていた女弟子が、びくっとした。

おひなは、日本橋の鰹節問屋の娘である。幼い頃から絵が好きで、憧れの歌川国芳の門下となったのが昨年の春。

残念なことにこの娘、恐ろしいほど画才がなく、描いても描いても子供の落書きの域を出ない。しかしながら気立てだけは良く、働き者で、国芳の一人娘のとりに懐かれているので、今日まで破門もされずに長らえている。

おひなの顔を見て、国芳は面食らった。

「なんでえ、お化けでも見たような顔しやがって。まだ昼の日なかだぜ」

「あ、え、あ、え、いえ……！」

おひなはなぜか顔を真っ赤にし、しどろもどろである。

国芳は不審顔で命じた。

「妙なやつだな。この猫に、まんまを食わせてやんな」

「は、は、はい！」

おひなはぎくしゃくと立ち上がり、国芳から子猫を受け取って厨へ消えた。猫たちが、わらわらと付きまとっていく。おひなは、赤ん坊のとりばかりでなく、猫たちにも懐かれている。

「ま、そういうわけだ。あやしい野郎を引っ捕まえたら、猫に面通しさせるからな。大事にしてやってくれよ」

あながち冗談とも思えぬ口ぶりで言い残して、茂蔵親分は帰っていった。

実家から持参した鰹節を削り、白飯に混ぜこんであわびの貝殻（かいがら）に盛り付け、子猫の前に置いてやる。子猫は腹を減らしていたようで、一心不乱に食らいついた。

おひなは辺りをうかがい、人気（ひとけ）のないことを確かめてから、こそっと子猫に話しかけた。

「大変な目にあったのねえ。かわいそうに」

子猫は弾（はじ）かれたように顔を上げ、おひなの顔をまじまじと見つめた。おひなは、すかさず言葉を継いだ。

「驚いたでしょうけど、騒がないで。あたしね、猫と話せるの」

「……ええ？　人なのに？　どうして？」

「わけを話せば長くなるから。とにかく、そういうことなのよ」

周りを囲んだ猫たちを代表して、お転婆（てんば）盛りの雌猫（めすねこ）おこまが言った。

「おひなちゃんは、猫の友だちよ。あんたも気を許していいわ。で、あんた、名前はなんてえの？」

「なべ」

「お鍋？　変な名ね」

「道ばたに捨ててあった破れ鍋ン中で鳴いてたのを、おときさんが拾ってくれたの。だから、なべ」

「おときさんってのが、殺された女の人の名前なの？」

「うん」

なべは、また食事に戻った。

おひなは声をひそめて尋ねた。

「なべちゃん。あんた、おときさんを殺した人の顔を見たの？」

「見たよ」

なべはあっけらかんとしている。おひなは、身を乗り出した。

「どんなやつだった？」

「んーとね。男だった」

「歳は？　身なりは？　体つきは？　ほくろとか痣とか、何か目印はない？」

「忘れちゃったよ、そんなの」

なべはうるさそうに話を打ち切ろうとしたが、おひなは粘った。

「大切なことなのよ。そいつを捕まえることができたら、あんたの飼い主の仇を取れるの」

「かたき？　知らないや、そんなの」

茂蔵親分が夢見ているほど、猫は忠義者ではない。ましてやなべは、この世に生まれて三月にもならない未熟な猫。飼い主が殺されたことの重大さも、よく理解できていないようである。

しかし、おひなは真剣だった。殺されたおときと面識はないが、茂蔵親分の話からすると、善良な女だったようだ。無残に殺された恨み、晴らせるものなら晴らしてやりたい。

目撃者は子猫だけ、という状況だが、猫と話せるおひななら、有力な証言を得ることができるかもしれない。運命のめぐり合わせで授かったこの不思議な力、役立てずにいられようか。

「思い出してちょうだい、なべちゃん。話してくれたら、鰹節もっと削ってあげるから」

「ほんと？」

なべはたちまち元気づき、語り出した。

「んっとね、罪人は男で、歳はわかんない。子供じゃなくて、年寄りでもなかったよ」

「背丈は？」

「うーん、高くもないし、低くもない」

「太ってた？」

「そうでもない」

「身なりは？」

「んーと、んーと……なんか着てた」

子猫の観察力は、まったく当てにならない。おひなはガックリした。

「せめて、おときさんが殺されたわけぐらい、わからないかしらね。二人は、何か言い争っていた？」

「ううん。そんなことないよ」

「顔見知りの仕業(しわざ)なのかなあ……恨みか……それとも物取り……？」

「うらみって何？　ものとりって？」

子猫には、わからぬことがたくさんある。おこまが脇から説明してやった。

「物取りってのは、何かいい物を持ってるやつを殺して、いい物を分捕(ぶんど)ることよ。

うまそうな魚を独り占めしてる猫がいたら、噛(か)みついて奪いたくなるでしょ。それが物取り。恨みっていうのはね……」

「あ、わかった。それだよ、物取りだよ」

なべは言った。

「男は、おときさんを殺したあと、おときさんの行李(こうり)を開けて、いい物を分捕ってた。だから、物取りだよ」

「なんですって！」

おひなは色めき立った。

「何を取ったっていうの？　お金？　お宝……？」

「紙きれだよ。男は、行李の中から、紙きれを取り出してね……あ、でも……」

なべは、何やら考え直した。

「いい物じゃないや、やっぱり。うん。あれは、つまんない紙きれだよ」

「え？」

「だって、男は紙きれをくしゃくしゃに丸めて、懐に突っこんだもん。いい物なら、あんな風にはしないや」

話しているうちに、だんだん記憶が鮮(あざ)やかになってきたらしい。

「そうだ、紙きれを懐に突っこんだとき、やっと、おいらに気づいたんだよ。おいら、火鉢（ひばち）の陰でじっとしてたから、それまで男はおいらがいることがわからなかったんだね。おいらと目が合うと、ギョッとしてね、おかしなことを言ったよ」

「なんて？」

「『はな！』だって。おいら、そんな名じゃないのに。男は『……そんなはずはねえか』ってブツブツ言いながら、おいらを手招いたよ。でも、その手は血まみれ。おいら、近寄りゃしなかった。そしたら男は手を引っこめて……あ、思い出した。男の手のひら、親指の付け根んとこにね、小さいキズがあったよ。三日月みたいなキズだった」

「手のひらに三日月キズ！　これは大きな手がかりね」

おひなは張り切ったが、おこまが混ぜっ返した。

「どうすんの？　日本橋のたもとに立って、年寄りでも子供でもない男に片っ端（かたっぱし）から声かけて、『手のひら見せてください』って頼むの？　てんで話にならないよ」

「う……うん……そうか……なべちゃん、他に思い出せることはない？」

なべが考えこんだときだった。

黙って聞いていた猫たちの中から、ぽつりと声が上がった。

「……あのね。あたしはたぶん、その男の名を知ってるよ」

皆、驚いて目をやる。年老いた黒猫のとくだった。

とくは去年あたりから足が不自由になり、出歩くこともなくなった。若い猫たちの活発なさまを、おだやかに眺(なが)めるのが日課である。あまりに物静かなので、しばしば、いることを忘れられてしまうほどだ。

皆の注目を集めて、とくはゆっくり続けた。

「なあ、なべちゃん。その男、猫を呼ぶときにおかしな声を出さないか。ホウ、ホウって、ふくろうみたいな声を」

「あ、うん。そうだったよ。おいらに向かって、ホウホウって言った」

「間違いない。その男、佐吉(さきち)という名の大工(だいく)だよ」

「とくじいさん……」

おひなが、唖然(あぜん)として言った。

「あんた、どうしてそんなことを」

「佐吉っつぁんは、あたしの昔の飼い主なんだ。はなってのは、その頃のあたしの名だよ。なべちゃんを見て、昔のあたしを思い出したんだろう」

なべは黒猫、とくも黒猫。毛色だけは確かに似ている。

とくは、眠たそうにうずくまったまま、話し始めた。

……もう、十年ほども昔のことになるかねえ。

あたしは親とはぐれた小さな野良猫でね、ひもじくて鳴いてるところを、通りかかった佐吉っつぁんに拾われたのさ。

なぜか知らないが、あの男は猫には「ホウ、ホウ」って呼びかけるものだと思ってたようでね。あの時も、ふくろうみたいな声を出しながらあたしに両手を差し伸べて、抱き上げてくれたよ。汚れたあたしを、気にもせずに懐に入れて、あっためてくれて……嬉しかったねえ。そのまま、長屋に連れ帰ってくれたよ。

あの頃、佐吉は二十一、二か。独り者だったよ。大工のくせにぶきっちょで、しょっちゅう怪我をしてた。手のひらの三日月キズも、ノミの扱いを誤ってつけたものさ。

あたしを飼い始めてすぐ、『はな』って名を付けてくれた。けどね、女の名じゃないか。あたしは雄なのになあって思ったが、まあ、文句をつける筋合いはないからね。おとなしく、はなと呼ばれてやることにしたよ。

優しい男だったよ。猫好きでね。夜はあたしを懐に抱いて眠るんだ。ろくな布団もない貧乏暮らしだから、湯たんぽ代わりだったのかね。佐吉の胸元で眠るのは心地良かった。あの男の静かな寝息は、今でもよく覚えてるよ。

――事が起きたのは、あたしが拾われてから三月ほど経った頃だ。

ある晩、佐吉が血まみれで帰ってきたのさ。

顔はまっさおで、目線は定まってなかった。よろめきながら、どすんと腰を下ろしてね、驚いてるあたしを見て、なだめるように「ホウ、ホウ」って言った。差し伸べられた手は、まっかに染まってたよ。

あたしが尻ごみすると、佐吉は自分の手を見、ぷいっと出て行った。こわごわ、あとをつけていくとね、井戸の水をくんで、手を洗ってた。

どれほど、こすってたかね。氷を溶かしたような冷たい水を浴びせても、佐吉に染み付いた臭いは落ちなかった。その晩、あたしは長屋を出た。

なぜって……気分が悪かったからだよ。佐吉が人を殺そうが傷つけようが、そんなことはどうでもいい。猫には関わりのないことだ。

ただ、どうしても消えない血の臭いがね……魚とも鳥とも違う、人の血の臭いが我慢ならなかったんだよ。

それっきりだ。野良に戻って、腹をすかしてフラついてるところを、芳さんに拾われた。あれから一度も、佐吉の顔を見ていない。

「そんなことがあったの。前の飼い主が人殺しだなんて、粋だねえ！」

おこまは興奮している。

「とくじいさん、どうしてこれまで話してくれなかったの？」

「昔のことだ。忘れてたんだよ」

とくは話し疲れたのか、目をつぶってしまった。

おひなは考えこんだ。

「佐吉って男は、十年前にも人を殺めたことがあったのね。十年前の殺しと、おときさん殺し……何かつながりがあるのかしらね」

おこまが言った。

「とくじいさん、佐吉の居場所はわかる？」

とくは、目をとじたまま答えた。

「いやあ……十年前は下谷の長屋に住んでたがねえ……今はどうしてるやら」

「大丈夫、突き止めるよ。猫の網は、すごいんだから！」

おこまは意気込んだ。

江戸(えど)の町には、無数の猫がいる。そこらをうろつく野良から、長屋の飼い猫から、お屋敷で可愛がられている座敷猫まで……この世のあらゆる場所に入りこめるのが猫の特権。

しかも、人と違って、身分の垣根がない。お座敷猫の見聞きしたことがそのまま野良猫に伝わることも、そのまた逆も、珍しくない。これが「猫の網」だ。

「突き止めるわ、絶対！」

「猫の網で！」

おひなとおこまは鼻息を荒くしたが――。

網に頼るまでもなく、事件は簡単に解決した。

事件の三日後、おときの倅(せがれ)の下っ引き弥平が、見事、母を殺した男を捕らえたのだ。

弥平によれば、おときは以前からとある男と諍(いさか)いがあり、弥平は案じていた。

その男というのが、大工の佐吉。弥平は、母を殺したのはヤツに違いないと直感し、佐吉を探し回った。

見つかった佐吉は、観念して罪を認め、洗いざらい白状した。おときを殺した理由は、口封じのため。佐吉は十年前にも人を殺したことがあり、それをおときに知られたことから、今回の凶行に及んだらしい。

佐吉が十年前に殺したのは、深川の菓子屋「加賀屋」の倅。肩がぶつかったの何ので争いになり、カッとなって刺したのだという。死骸は橋から投げ捨てた。

十年前、確かに加賀屋三男・久兵衛の死骸が小名木川から上がっている。喉を掻っ切られ、川に浮かんでいたのを早朝引き上げられた。

咎人は捕まらなかったが、ただ一つ、手がかりがあった。橋の欄干だ。

久兵衛の死体を背負って運んできた犯人、うっかり欄干に手をついたのだろう。血染めの手の痕が、くっきり残されていた。

三男を失った加賀屋は、欄干の修繕を受け持ち、手痕のついた欄干を切り取って保管した。痕に合致する手の持ち主を見つけた者には礼金を……と、当時は犯人探しに血眼だったが、事件から十年経った今では、血染めの欄干が話題に上ることもほとんどない。

佐吉の自白を受けて、加賀屋は欄干を蔵から出した。合わせてみれば、ぴったり。手のひらの寸、指の長さ、親指付け根の三日月キズまで合致する。

十年前に加賀屋三男久兵衛を殺したのも、おときを殺したのも、大間違いない。

工佐吉。母の無念を晴らした弥平は天晴な孝行息子……ということに、人の世では相成った。

だが、猫たちもおひなも、それでは納得しなかった。

子猫のなべは、猫の忠義心を信じている茂蔵に連れて行かれ、佐吉の面通しに立ち会わされた。

にゃっと鳴いて御主人様の仇を取る……ようなことはせず、茂蔵親分を落胆させたが、帰宅後、おひなにだけは「間違いないよ。おときさんを殺した男だった」と教えてくれた。

「あの晩は、なんておっかない顔をしてるんだろうと思ったけど、今日は違ったよ。明るくて、せいせいした顔をしてた」

「せいせい……ふうん……」

おひなは釈然としない。どうにも、話がチグハグな気がしている。

「なんだか、あっさりしすぎてるのよね。十年間も罪を逃れてきた男が、いやに簡単に白状したなあって」

おこまも、不服そうである。

「弥平のやつ、おっかさんの仇を取りたい一心で、足を棒にして佐吉を探し回ったなんて吹聴してるけど、嘘だね。親が死んでも呑んだくれてたの、知ってるんだから」

「十年前の殺しだって、しっくりこない。とくじいさんの話を聞く限り、佐吉って人、肩がぶつかったぐらいで人を殺めるような気性には思えないんだもの。ねえ、じいさん」

とくは、相変わらず眠そうな様子で言った。

「うん、そうだね……佐吉はそんな乱暴者じゃなかったねぇ」

「やっぱり、何か裏があるんだわ。それを探らなきゃ」

おひなは、猫たちに合わせてかがめていた腰を伸ばした。

「あたし、茂蔵親分のところに行ってみる。何かわかるかもしれないから」

「あたしも行くよ。おひなちゃん一人じゃ、たよりない」

おひなとおこまは、連れ立って茂蔵親分の家に向かった。

藪から棒に、佐吉のことを教えてほしいと言われて、茂蔵は面食らったようだった。

「なんでえ。おめえさん、芳さんの使いかい？」

「いえ、違います。あたしの考えで……」

「なんでまた、人殺しの大工のことなんか知りてえんだ？」

「え、えーと……殺された女の人は、なべちゃんの元の飼い主ですからね。なべちゃんはもう先生の家の猫ですから、あながち関わりがないわけでもないと」

「なべちゃん？　あの猫に、そんな名前をつけたのかい」

「あ、えっと……あの子、なんとなく、お鍋っぽい顔をしているので」

「……そうかい。ま、いいや」

幸い、親分はあまり突っ込まずに聞き流してくれた。

「名は佐吉、歳は三十二。十年前の冬の晩、喧嘩がもとで菓子屋の三男坊を殺したところを、たまたま通りかかったおときさんに見られちまった。十年間、おときさんに口止めの金を渡し続けてきたが、さすがに嫌気が差したんだとよ。それで、殺す気になったそうだ」

「たまたま通りかかった……ですか。向島（むこうじま）住みのおときさんが、どうして、冬の晩に一人で深川あたりを歩いてたんでしょう」

考えこんだおひなに、茂蔵は言った。

「いや、あの頃いっとき、おときさんは深川に住んでたんだ。加賀屋のすぐ近くだよ。だから、喧嘩の現場に通りかかったとしても不思議はねえ」

「……え？」

初耳だ。茂蔵は言った。

「大店で働いてたんだよ。加賀屋の近くの砂糖問屋で……確か、亀屋といったっけな。ちょうど、弥平が悪い連中とつるんで遊び出した頃でな、しょっちゅう家の金をくすねるってんで、おときさんは怒ってたんだ。それで、住みこみで働くことにしたんだよ。それなら、バカ息子に金を盗られることはねえからな」

「そうだったんですか……」

「ま、半年ほどでひまを出されちまって、向島に舞い戻ってくるはめになったんだがね」

茂蔵は、ふと何か思い出したように、思案顔になった。

「……そういや、おときさんが向島に戻ったのは、加賀屋殺しがあったすぐ後だったっけな。おときさんは、旦那様の御機嫌を損ねてひまを出されたようなことを言っていたが……今にして思えば、加賀屋殺しを見ちまったことと、何か関わりがあったのかねえ？」

茂蔵の言葉に引っかかるものを感じて、おひなは尋ねた。

「旦那様の御機嫌を……？　何かあったんですか？」

「あ、いや、たいしたことじゃねえ。それより、佐吉の話だったな」

茂蔵は話を戻そうとしたが、おひなは首を振った。

「いいえ、もうちょっと、亀屋さんの話を聞かせてください。おときさんは、亀屋さんの旦那様に嫌われるようなことをしたんですか？」

「んー、まあ、つまらねえ話だが」

と、気乗りのしない前置きをおいて、茂蔵は話した。

「おときさんは、亀屋の御内儀（ごないぎ）付きの女中だった。御内儀といっても、おときさんから見りゃ娘のような歳でよ……おときさん、『お気の毒でたまらなかった』って話してた」

「お気の毒？　御内儀がですか？」

「そうさ。なにせ、亀屋の旦那ってのが、その頃で六十を越える爺（じい）さんだったんでな」

「ええ!?」

「にゃあ!?」

おひなもおこまも驚いた。茂蔵は、首の後ろを掻きながら続けた。

「おときさんから聞いた話だぜ。あの婆さん、お喋りだったから。なんでも、御内儀は貧しい生まれだが、ガキの頃から評判の器量良しだったんだと。それで、助平爺に見初められて、後添えにと望まれたんだとさ。十六の時に、六十の爺さんに嫁いだんだ」

「かわいそう！　かわいそう！」

おこまが鳴いた。茂蔵は、うるさい猫だという顔でおこまをにらんで言った。

「おときさんは御内儀に同情してたが、俺は気の毒なんて一切思わねえ。貧しい小娘にしてみりゃ、願ってもない玉の輿じゃねえか。幸せなこった」

「まあ……」

勝手な決めつけのように思い、おひなはムッとした。茂蔵は苦笑して続けた。

「周りがあんまり『気の毒、気の毒』言い過ぎるのも良くねえよ。おときさんも、それで旦那に疎まれたんだ。自分でそう言ってたよ、『奥方様に肩入れしすぎて、おひまを出されちまった』ってね……」

国芳宅に戻って猫たちに話すと、雌猫のゆきが、したり顔で言った。

「読めた」

「え？　何が？」

「十年前の殺しの真相さ」

「え。もう読めちゃったの？」

まったく何も読めていないおひなは驚いた。ゆきは自信ありげに言った。

「クソ爺に嫁がされた若く美しい女が、貞節を守れるわけないじゃないか。男さ。男をこさえたんだ」

「ええっ」

「それが、大工の佐吉さ。だが、男は一人じゃなかった。御内儀のもう一人の情夫、それが殺された菓子屋だったのさ。もちろん、二人の情夫を手玉に取るなんて、御内儀一人でできることじゃない。手引きをしたのが、女中おときさ」

「てことは」

「おときの手違いで、二人の男が鉢合わせちまったのさ。たちまち刃傷沙汰となり、大工が菓子屋をぶっ殺した。その場に居合わせたおときは、大店の勤めをやめ、大工をゆすり始める。大工はおときの言いなりだったが、十年目にしてついに堪忍袋の緒が切れた……とまあ、こういうわけさ」

「なるほどね。さすがだわ、ゆき」

筋の通った推理のように思えて、おひなは感心した。

しかし、おこまは納得しない。

「そんなことがあったなら、おときさんは佐吉に気を許さなかったはずだよ。寂しい一軒家で、二人きりで会うなんて危ないことするかなあ？　それに、なべの話だと、二人は争ってた風でもないんでしょ？」

「うん」

子猫のなべが肯（うべな）った。

「争ってなんか、いなかった。おときさんは男に優しく話しかけてたし、男のほうもにこにこしてたよ。でも、おときさんが背を向けたとたんに、襲いかかって口をふさいで、隠し持ってた匕首（あいくち）で喉を掻っ切ったんだ」

凄惨（せいさん）な現場を思い出したのか、なべは耳をぺたんと伏せた。

「二人がどんな話をしてたか、おぼえてないの？」

「わかんないよ。おいら、聞いてなかった。人の話なんて、おもしろくないもん」

おこまは、ゆきに向き直った。

「とにかく、おときと佐吉は険悪な間柄じゃなかった。だから、ゆきの考えは間違い」

ゆきがムッとするのにもかまわず、おこまは続けた。

「ここは一つ、確かめなきゃ。亀屋が何か知ってるはずよ」

「亀屋さん……？」

「御内儀を探るのよ！」

「どうやって？」

おひなが、困り顔で言った。

「いきなり訪ねたって、相手にされやしないでしょう。十年前のことを聞かせてくださいなんて詰め寄ったところで、つまみ出されるのが関の山……」

「もちろん、御内儀に掛け合ったってむだなことよ。こんなときこそ、猫の網の出番」

おこまは、頭を反らせて言い放った。

「亀屋の近辺を根城にしてる猫たちから、話を聞くんだ！」

野良猫たちに聞き込みをするまでもなく、すんなりと話は運んだ。亀屋の御内儀自身が、猫を飼っているのだという。

おひなとおこまは連れ立って深川に出向いた。おこまが屋敷に忍びこみ、聞かせてもらいたいことがあると訴えると、亀屋の猫は裏路地まで出てきてくれた。

美しい茶トラの雌猫だった。しゃなりしゃなりと姿を現したその猫は、足をそろえて上品に座り、名乗った。

「亀屋はなと申します。よしなに」

「はな⁉」

おひなは驚いた。はなといえば、佐吉がとくに付けた名だ。なべを一目見たときも、やはり「はな」と呼んだという。これは、ただの偶然か、それとも何か意味があるのか。

「ええ、はなでございますが。何か」

おっとりと、あくまでも上品に問い返すはな。

尋ねあぐねたおひなに代わり、おこまが言った。

「はなちゃん。あんた、大工の佐吉って男を知ってる？」

「佐吉……？　先頃、人を殺して捕まったという男ですか」

座敷猫にしては事情通だ。はなは、声を翳（かげ）らせた。

「その一件、亀屋でも騒ぎになっております。なにせ、殺された女の人は、かつて亀屋で働いていたというじゃありませんか」

「うん、そうなんだ」

「しかも、佐吉という男、加賀屋さんの息子さんを殺したことも白状したのだとか。亀屋は、加賀屋さんとは古くからのお付き合いがあるのです。恐ろしい……知らせを聞いた奥方様は、すっかり参ってしまって、伏せっておいでです」

おひなとおこまは目配せを交わした。その「奥方様」こそ、事件の鍵を握っているかもしれない人物だ。

おこまが、単刀直入に尋ねた。

「ひょっとして、御内儀と佐吉は、知り合いじゃない？」

「え？　何をおっしゃいますか」

はなは面食らった様子で、言い返した。

「どこから、そんな頓狂な考えが浮かぶのです。あのお優しい、お美しい奥方様が、薄汚い人殺しなんかと関わりがあるはずないでしょう」

「でもさ、御内儀は貧しい生まれなんでしょ。ひょっとしたら、その頃から佐吉とデキてて……」

「あ、あ、あの！」

無遠慮なおこまに喋らせておくと、気位の高い座敷猫の機嫌を逆撫でしそうなので、おひながあわてて割って入った。

「奥方様って、どんな方なんですか？」

無難に探りを入れると、はなは鼻息を荒くして答えた。

「それはもう！　輝くばかりの、絶世の佳人でございますよ。お二人のお子様も、奥方様によく似たお美しいお坊ちゃまとお嬢ちゃま。お子たちに対しては、この上なくお優しいお母様であらせられます。あのような奥方様に愛でられて、わたくし、三国一の幸せ猫でございます！」

心酔しきっているようだ。

下町猫のおこまは、いささか鼻白んで、難癖をつけたそうな顔をしている。おひなは問いを重ねた。

「あなたに、はなという名を付けたのは、その奥方様なんですか？」

「もちろん。亀屋に貰われてきたその日に、付けていただきました」

「名前の由来は、聞いてない？」

「聞いておりますとも」

はなは得意そうに、頭をクッと持ち上げた。

「さる裕福な商家から貰われてきた子猫のわたくしを前に、旦那様と奥方様が話していたのをよく覚えております。わたくしを『はな』と呼ぶ奥方様に、旦那様が呆れ顔で『また、はなかい。これで三代目だよ。たまには他の名を付けたらどうかね』とおっしゃったのです」

御内儀は笑い、猫に必ず「はな」と名付けるわけを話した。

それは、御内儀がまだ幼い頃、貧乏長屋に迷いこんできた野良猫に付けた名だという。鼻がきれいな桜色だったので、「はな」と呼ぶことにしたのだそうだ。

はなは賢く、可愛い猫で、長屋の住人たちから可愛がられた。奥方様は、はなと遊ぶのが楽しくてならなかったが、野良猫のかなしさ、いつか姿を見なくなった。おおかた、犬に襲(おそ)われたか、三味線屋(しゃみせんや)に捕られたかしたのだろう。

奥方様ははなのことが忘れられず、亀屋に嫁ぐとすぐ旦那様に猫をせがんだ。知り合いから貰い受けた猫に付けた名は、もちろん、はな。片時も離さぬほど可愛がったが、四年で死んだ。

次に飼った猫も、はな。これが五年で死に、次に貰われてきたのが、現在のはなというわけだ。

「はなさん、もう一つ、教えてほしいのだけど」

おひなは、ある確信を胸に、尋ねた。

「奥方様はひょっとして、猫を呼ぶときに『ホウ、ホウ』ってふくろうみたいな声を出すのでは?」

「まあ、どうしてご存じなの。その通りです。奥方様のおかしな癖なのですよ」

おひなは、かがめていた背を伸ばした。

「どうもありがとう、はなさん。とても楽しいお話でした」

「え、もう? わたくし、まだまだお話ししたいわ。ゆっくりなすって……」

安穏（あんのん）な暮らしに退屈しているらしいお座敷猫は懇願（こんがん）したが、おひなはいとまを告げた。

「間違いない。御内儀と佐吉は幼馴染（おさななじみ）よ」

深川から向島へ帰る道々、おひなはぶつぶつ言っていた。

「一緒の長屋で育ったんでしょう。迷いこんできた猫を可愛がり、睦（むつ）まじく遊ぶ仲だったんだわ」

「クソ爺に嫁いでからも、切れなかったのねえ」

おこまが相槌（あいづち）を打つ。

「二人はこっそり逢引を重ねてたんだ。そこに、奥方に横恋慕する菓子屋の倅が登場。こじれた挙句に、大工が菓子屋を殺した……かなあ？」

自分で言っておいて、まだ腑に落ちぬらしい。おこまは「うーん」と唸った。

おひなとおこまが、うんうん言いながら国芳宅に戻ると、待ち構えていたゆきが教えてくれた。

江戸じゅうに張り巡らせた猫の網に、かかった知らせがあるという。

谷中の墓地をねぐらにしている、薄汚れた灰色猫の話だった。

二月あまり前のこと。灰色猫は、気になる光景を目にした。

ある晩、足をふらつかせたよっぱらいが墓地に迷いこんできた。何度か見かけたことのある男だった。灰色猫は、以前この男に石をぶつけられた恨みがあり、顔をよく記憶していた。

よっぱらいは、愚にもつかぬ戯言を喚き散らしながら、墓石にもたれかかるように倒れこんでしまった。灰色猫は不快に思い、ねぐらを移ろうとした。

と、そこへ、別の男が現れた。こちらも、灰色猫がよく見知っている男だった。

毎月欠かさず、居待月の夜更けに姿を見せる。いつも、ほっかむりをして人相を隠している。

男はいつものように、とある墓石に向かい、静かに手を合わせた。

墓参りを終えた男は、すばやく立ち去った。墓石の陰でつぶれていたよっぱらいが、のっそりと這い出してきた。

深夜の墓参という奇異な行動が、気になったらしい。よっぱらいは、月明かりをたよりに墓石の文字を読み、急に酔いが覚めた顔で「こいつは……」と独り言ちた。

それから一月後。やはり居待月の夜更けに、ほっかむりの男が現れ、墓に手を合わせた。

立ち去ろうとしたところへ、声をかけた者があった。墓石の陰にひそんでいた、例のよっぱらいだ。この夜は、酔ってはいなかった。

ほっかむりの男は驚いて逃げようとしたが、素早く捕まえられてしまった。捕らえた男は居丈高に声を荒らげ、相手のほっかむりをむしり取った。顔をあらわにされた男は、うろたえている様子だった。

灰色猫は、二人のやりとりを聞くともなく聞いていた。内容はあまり理解できなかったが、「加賀屋」「命日」「欄干」などという単語が耳に残った。

灰色猫は、墓参の男の名は知らないが、彼を捕らえた乱暴者のことはよく知っている。粗野なふるまいで、人々からも猫たちからも嫌われている下っ引き、弥平という男だ。

「弥平！」

おひなとおこまは仰天した。

「おときさんの倅じゃないの！」

「じゃ、弥平が捕らえた男っていうのは……」

「もちろん、佐吉に決まってる」

おこまは、しっぽをピンと立てた。

「解けた！　加賀屋の月命日よ。佐吉は、恋敵の菓子屋を殺したものの、罪の重さに苦しんで、月命日には欠かさず墓参りをしてたんだ。夜更けにほっかむりをして、人目を避けてね」

「こいつは深いわけがある、と弥平は感づいたのね」

――てめぇ、加賀屋と何の縁がある。いや、まともな縁なら、この夜更けに墓参りでもあるめぇ。十年めぇの居待月夜、加賀屋の三男が殺された。さては、てめぇの仕業か。

弥平は凄みをきかせて詰め寄る。

——何のこった。言いがかりはやめてくんな。

佐吉はしらばっくれたかもしれないが、弥平は血染めの欄干のことを知っていた。

普通なら、十年前の罪を証し立てるのは難しかろうが、この件に関しては、犯人の手の痕という動かぬ証拠が残っている。

——俺が加賀屋に知らせりゃ、加賀屋は血染めの欄干を持ち出すぜ。てめぇ、申し開きができるのか。

佐吉はまっさおになる。すると弥平は……。

「どうすると思う?」

「もちろん、加賀屋さんに知らせたりはしない。それより、佐吉を脅したほうがお金になるもん」

「でしょうね。弥平は図に乗って、佐吉をゆする。追い詰められた佐吉は……」

おひなとおこまは、顔を見合わせてしまった。

「うーん……殺すなら、弥平だよね」

「でも、殺されたのは、弥平じゃなくて母親のおときさんよ」

「息子から話を聞いたおときさんが、佐吉をゆすった……？」

「でも、弥平を見逃して、おときさんを殺すなんて……うーん……」

何かが、ねじれている。

一人と一匹がうんうん唸っていると、丸くなって話を聞いていた老猫とくが、のっそりと顔を上げた。

「こんな具合じゃなかったかねえ。あたしの思いつきだが」

「何？」

「おときさんは、佐吉をゆすったんじゃない。逆に、庇ってやろうとしたために殺されたんじゃないかねえ」

「……え？」

金づるをつかんで気が大きくなった弥平は、母おときの前で大口を叩く。

──おっかあ、どうやら俺にも運が向いてきたようだぜ。

酔っていたのかもしれない。母に問われるままに、十年前の事件の犯人を見つけたことを明かした。

おときは愕然とした。なぜなら——。

「おときさんは、十年前に何があったか知ってたんだ。ほんとうのことをね」

佐吉は、真の咎人ではない。加賀屋久兵衛を殺したのは、別人だ。

おときは、佐吉を呼び出して告げる。

——うちのドラ息子が、あんたを脅してるんだろ? 安心おし、あんたの無実を、あたしが証してあげる。佐吉っつぁん、あんたが罪をかぶることはないよ。

だが、それがおときの運の尽きとなった。

佐吉はおときの家を訪れ、おときを説き伏せようとした。だが、おときは「無実を証してあげる」の一点張り。

そこで、佐吉は。

「おときさんが合点してくれなければ殺すと。地獄の底まで堕ちる覚悟を決めてたんだろう。懐に忍ばせてた匕首で、おときさんの喉首を掻っ切ったのさ」

「つまり……」

「真の咎人は、佐吉が命にかえても守りたかった人……?」

「亀屋の御内儀だろうね」

とくは、また身を伏せて、楽な姿勢になった。

おこまは興奮して、唸り声を上げた。

「そうか！　十年前、菓子屋を殺したのは御内儀だったんだ。菓子屋は、かねてから目をつけてた美しい御内儀に助平心を起こし、手ごめにしようとした。御内儀は必死に抵抗し、菓子屋を殺しちまったんだ。幼馴染の佐吉は、それを知って……！」

「…う……ううん」

おひなが、小さく首を振った。

おひなの胸に、迫るものがあった。嫁いだ時の御内儀と同じ年頃の娘だからこそ感じる想いが。

貧しく生まれつき、恋も知らぬまま、歳のかけ離れた大旦那に嫁いだ娘。そして、そんな娘を不憫(ふびん)に思った女中。世間知らずの菓子屋の三男坊。

「御内儀は、加賀屋の久兵衛さんと、道ならぬ恋に落ちたのだと思う。もちろん、おときさんの手引きでね。おときさんは御内儀を不憫がっていたから、二人の間を取り持って……」

二人はひそかに逢瀬を重ねた。逢うたびに想いは深まる。ちょっとした慰めのつもりだったおときの思惑を、はるかに越えてしまった。

「心中の約束をかわしたのだと思う。この世でかなわぬなら、あの世で一緒になろうと誓ったのよ」

二人は日時を取り決め、落ち合った。人目につかぬ寺社の裏森かどこかで。

「御内儀は、遺書をしたためていたのではないかしら。それを、おときさんが読んだ。きっと、幼馴染の佐吉にも別れを告げる文を使わせていたでしょう。とにかく、おときさんと佐吉の二人が、御内儀の決意を知ってあわてふためいた……」

御内儀の文に、死に場所をほのめかす手がかりがあったのか。おときと佐吉は、その場に駆けつけた。

久兵衛はすでに血まみれで事切れていたが、御内儀は死にきれず苦しんでいた。

二人は御内儀に手当をほどこす。

命を取りとめた御内儀。だが、心中の企てが明らかになれば、恐ろしい仕打ちが待ちうけている。相対死にの死に損ねは、問答無用の死罪。甘い夢から覚めた御内儀は、震え上がる。

「——で、佐吉は引き受けたのよ。取り乱す御内儀に、何も心配するなって言い聞かせて、久兵衛さんの死体を背負って……」

橋から投げ捨てた。

血のついた手は、欄干に痕を残した。何年経っても消えぬ、罪の痕跡を。

愚(おろ)かな女はやっと気づいただろう。心中を誓った男よりも、もっとずっと深く自分を想ってくれる男がいたことに。

「おときさんは御内儀を亀屋に連れ帰り、手当を続けた。周囲には、病と偽(いつわ)ったんでしょうね。けど、自分が不義の手引をしたことがこんな結果になったと思うと、耐えられなかった。それで、亀屋をやめたんだわ」

行李の中におときがしまいこんでいた紙きれ。それは、御内儀が心中の決意をしたためた書き置きだったのではないか。明るみに出れば、十年前の真実を暴露(ばくろ)する文書だ。

息子の弥平が十年前の件に気づいたと知って、おときは覚悟を決めた。正直で不器用な佐吉の人柄を、おときは好いていた。御内儀の罪を暴(あば)いてでも佐吉を助けてやろうとし、そのために殺された。

「それじゃ……それじゃ、悪いのは御内儀だ！」

おこまが喚いた。

「こうしちゃいられないよ。茂蔵親分に話してよ、おひなちゃん。このままじゃ、無実の佐吉が死罪になっちまうよ」

息巻くおこまに、老猫とくがのんびりと言った。

「無実ではないよ。佐吉がおときさんを殺したことは確かなんだからね」

「そ、そうだけど。でも、一番悪い御内儀が、のうのうと生き残るなんて……」

「のうのうと？　いやいや、まさか」

とくは目を閉じる。

「おのれの浅はかさゆえに二人が死に、今また佐吉も死のうとしてる。御内儀の余生こそ、地獄じゃないかね」

おこまは黙りこみ、おひなが口を開いた。

「御内儀は、佐吉が捕まったと知って寝こんだそうよ。でも、寝てる場合じゃないでしょうに。少しでも人の情があるなら、今こそほんとのことを明らかにするんじゃないの……？」

「そんなことをしたら、佐吉の心が砕(くだ)けちまう。あの男は、おときさんを殺したとき、もう覚悟を決めてただろうからね。だから、自分から弥平に罪を打ち明け、捕らえさせたんだ。それに、御内儀には、二人のお子があるんだろ。その子たちを、不幸の底に突き落とすようなことができるかね」

いやいや、ととくは言い聞かせた。

「何もかも、おのれの胸にしまいこんで、地獄を生きるさ。それが御内儀の負う罰だ」

——靄(もや)のかかる朝、老いた黒猫が刑場へと続く道端にうずくまり、罪人を待っていた。

足を悪くしてから、ずっと家に居たきりだった。外に出たのは半年ぶりだ。

じっと伏せって目を閉じていると、捨てられた子猫の頃に戻る。ひもじくて、心細くて鳴いていたところに差し伸べられた、大きな手。

あの男が、雄猫に「はな」などという似合わぬ名前を付けた理由が今になってわかった。幼馴染の美しい少女とともに、野良猫をかまって遊んだ日々は、男にとって何にも代えがたい記憶だったのだろう。

うつらうつらするうちに、なんだか自分がその野良の「はな」であったような、不思議な心地がしてきた。男の子と女の子が「ホウ、ホウ」とふくろうみたいな声を上げながら猫を追い回し、笑い転げるさまが目に浮かぶ。まるで、それが自分の前世の記憶でもあるかのように。

やがて、縄をかけられた罪人が、役人に引っ立てられながらやって来る。とくは目を開け、のっそりと立ち上がった。

痛む足を引きずって近づいていくと、男が気付いて足を止めた。男の唇(くちびる)が小さく動き、「はな」とつぶやくのを、とくは確かに聞いた。

男は目を細めて微笑(ほほえ)む。役人が邪険(じゃけん)にとくを追い払い、男は小突(こづ)かれてまた歩き出す。

貧しい長屋の子らに一匹の野良猫が幸せを与えたように、佐吉の最期に自分がわずかな温かみを返すことができたなら、もうこの世に思い残すことはない。とくはそう思う。

猫神さま

西條奈加

両国橋の上で、柾さまがふり返った。

「すまないな、三治、せっかくの休みをふいにして」

そろそろ、出梅の時分だった。古びた桶からもれるような、しみったれた天気が続いていたが、今朝はその桶底が抜けたみたいなどしゃ降りで、稲荷売りは諦めた。

おれは傘の下からにこにこと、若いお侍を仰いだ。

「こっちこそ、礼を言いてぇくれえだ。こんな辛気くせえ日に、婆さまの顔を一日中ながめるのはご免こうむる……っと」

あわてて口を押さえたが、遅かったようだ。さめた鶯色の着物の肩が、小刻みに上下した。

「そいつは、おれも同感だ。母上のあのしかつめ顔は、さわやかとは縁遠いからな」

柾さまは、さもおかしそうにくつくつと笑っているが、おれは小さく首をすくめた。

どうもおれは、考えなしにものを言っちまう癖がある。婆さまは柾さまの母上だし、なによりおれたちにとっては大恩人だ。いくら口うるさくて厳しくて、しょっちゅう雷を落とすとは言っても……おっと、いけねえ、まただ。

「息子のおれが、まず逃げ出したんだ。おまえたちも、さぞかし難儀だろう」

こちらの胸の内を読んだように、柾さまはへらりと笑った。日焼けた顔に、爪で弓形の目と口の跡をつけたような、このお侍の笑顔には人を引きつけるものがある。

「柾さまは、婆さまの小言もうまく避けちまうだろ。なにも長屋なんぞに越さずとも……」

「ここ数年の旅暮らしがたたってな、あの雷がことさら耳にさわるようだ」

長谷部柾さまは二十歳前から、かれこれ六年以上も旅暮らしをしていて、当主の兄上さまも婆さまも、このご次男の『ふらふら病』はとっくに諦めている。

糸の切れた凧のように、半月もせぬうちにまた草鞋をはくのが常だそうだが、今回はめずらしく、ひと月近くも深川のお屋敷に腰を据え、ついに五日前、おなじ深川は六間堀町にあるあやめ長屋へ越してしまった。

あやめ長屋には、おれたちの頭分、勝平がいて、おれはそれとは別の、小名木川を越えた海辺大工町に仲間四人と住んでいた。

「おまえたちと一緒にいるのが、面白くてな」

柾さまの言い訳に、勝平だけは妙な顔をした。

「旅に出るのが病なら、そう楽に治るとは思えねえけどな」

勝平はおれと同じ今年十二だけど、すごく知恵がまわる。その勝平が言うなら、そうかもしれない。柾さまが江戸に居続けるのは、なにか理由があるのかもしれない。

柾さまの新しい商売を助けるよう、おれに命じたのも勝平だ。

「似顔絵描きでも、はじめようと思ってな」

子供の頃には絵師を目指していたとかで、たしかに筆一本でさらさらと、なかなか達者な腕前だ。長谷部の家は貧乏所帯だから無心もできず、さりとて長屋住まいをするにも、まずは先立つものがいる。

「それならいっそ、美人絵や役者絵なんぞを描いたほうがいいんじゃねえか？」

「その手の錦絵は大きな版元があって、高名な絵師がしのぎを削っている。おれなんぞが出る幕はない」

おれの案に、柾さまはそうこたえた。傍らで考え込んでいた勝平が、口を開いた。

「そうだな、大当たりとはいかずとも、似顔絵をほしがる客はいるかもしれねえ。

たとえば遠くの身内に便りを送るとき、達者な姿を写してやれば、受けとったほうは嬉しいんじゃねえかな。それが子供なら、なおいい。出稼ぎや嫁入りやらで、はなれて暮らす子や孫の顔は、誰でも見たいはずだ」

おれたちは勝平の案にのり、さっそくあれこれと相談しあった。

「この商売なら浅草がいちばんだが、あの辺は縄張がうるせえからな」

茶屋や見世物小屋が立ちならぶ浅草は、何かと儲けが大きいから、やくざや香具師や商人が、利をめぐって入り組み、絡み合っている。たかが棒手振りの稲荷売りでさえ、商いをはじめた頃はいちゃもんをつけられた。

柾さまとおれは、新しい稼業のために、土地の親分に挨拶に出向くところだった。

「浅草は三治の持ち場だし、なによりこいつは身軽で口が達者なんだ。田原町の親分と好を通じることができたのも、こいつの気働きのおかげだ。きっと柾さまの役に立つ」

勝平はえらく持ち上げてくれたが、これには少しばかりからくりがある。

稲荷売りをしていて初っ端に難癖をつけてきたのが、田原町の親分の手下だった。見ケ〆がわりの稲荷鮨を手に、まめに親分宅に通ったのはたしかにおれだ。けれどなにより効き目があったのは、おれたちの来し方だった。

「お上にしょっぴかれた身なら、いわばおれたちの身内みてえなもんだ」

子分衆のひとりは、そう言った。

素っ堅気になったいまも、むかしの過ちはなにかと後をひく。婆さまの小言の多さは、それを払おうと躍起になっている証しだ。

「みんな、励んでいるのかな……」

朝方にくらべて、雨はだいぶ小降りになっていた。

風雨にたたられて商いに出られぬ日には、婆さまが読み書きを教えてくれる。今頃ちょうど、しゃんと背筋を伸ばした婆さまの前で、皆が筆やら算盤やらをつかっているのだろう。そう思うと、さっきは憎まれ口を叩いたくせに、急に長谷部の家へ帰りたくなった。

「そういえば、おまえは仲間うちで、いちばん読み書きが達者だそうだな。母上のもとへくる前から、読み書きができたのはおまえだけだと、母上がほめていた」

「そんな大層なもんじゃねえよ。在所の寺で、ちっとばかり教わっただけだ」

「在所というのはどこだ?」

ただの世間話のはずが、おれはぎくりとなった。平たい声で、上野、とだけ返す。

「上野なら、おれも行ったことがある。もっとも、中山道を通っただけだがな。碓氷峠はきつかったが、安中原市の杉並木は見事だった」

「あんなとこ、二度とご免だ」

思わず、口を突いていた。

懐かしそうな風情でいた柾さまが、ぎょっとしたように足をとめたが、いちばん驚いていたのはこのおれだ。勝平たちと知り合って、二年半にもなる。いまだに引きずっていたなんて、てめえの執念深さにぞっとした。

「すまん」

ぽつりと声をかけられて、いっそうたまらない気持ちになった。

「こっちこそ水をさしちまって……なに、たいした話じゃねんだ……」

と、言いながら、先が続かなかった。見つからない話の接ぎ穂を懸命に探していると、柾さまはおれの前にしゃがみ込んだ。

「もう、やめておけ。おれが悪かった」

常にかるく笑んでいるようなこのお侍の、こんな真顔は初めて見た。

「おれにもあるんだ」

えも、口にしなくていい」

いいな、と頭を撫でられて、柄にもなく泣けそうになった。

はずみをつけるように小走りにかけて、雨音に紛らせて大きく鼻をすすった。

田原町の親分宅を出たときは、いったん小やみになった雨は、また強まっていた。どこかの庭先の紫陽花が、雨粒に押されてふらふらと揺れ、番傘をたたく音もうるさいほどだが、柾さまもおれも傘の下で上機嫌だった。

お武家の柾さまの手前、子分衆のあつかいはいつもより数段よかったし、浅草広小路の一角の、案外よい場所をもらうことができた。口達者を存分に生かし、しつこく粘った甲斐あって、見ケメもこちらの算盤に見合うところで落着した。

両国橋をまた戻り、一ツ目の橋から竪川を渡った。

婆さまの手習所も終わった時分だから、勝平たちも長屋に戻っているだろう。柾さまを送りがてら、あやめ長屋に立ち寄ることにして、大川沿いの御舟蔵前の道を折れた。

「ちょいと、拝んでっていいかい？」

狭い路地の途中に、小さな稲荷社があった。まるでおき忘れられたような、ひっそりとしたお稲荷さんだが、商売柄もあって、ここを通る時にはかならず手を合わせている。

柾さまがうなずいて、目立たぬ鳥居を一緒にくぐった。

「うわっ！」

祠の前まできたときだった。思わず声をあげていた。

「どうした」

「……なんかいる。いまそこで、なんかうごいた」

鳥居の内には桜の木が一本だけあって、祠を守るように枝をさしかけている。おれはその陰を指さした。

「犬猫のたぐいじゃないのか？　まさか、お狐さまではあるまいな」

「いや、もっとでかかった」

こわごわ覗いて、またびっくりした。

「これはまた、かわいらしい狐だな」

柾さまは、にっこり笑ってかがみ込んだ。

そこにいたのは、おれと同じ年格好の女の子だった。

「じゃあ、おめえは、盗みの疑いをかけられて、奉公先の繭玉問屋をとび出しちまったというわけか？」

勝平にたずねられ、おのぶと名乗った娘はこくりとうなずいた。背もおれと変わらぬ上に華奢だから、同い年くらいと思っていたら、おのぶはふたつ上の十四だった。

稲荷社で会ったとき、歳と名前はすぐに口にしたものの、そこから先をたずねると屈託ありげに下を向いた。長いこと雨に打たれていたらしく、着物も髪も濡れそぼち、がたがたと震えていた。

ひとまず近所の湯屋まで引っ張ってゆき、それから海辺大工町へと走った。おれのいる長屋には、女の子ではいちばん年嵩にあたる登美がいる。わけを話すと、登美は手早く着替えを整え、湯屋の中にいるおのぶに渡してくれた。あやめ長屋で飯を食わせ、ようやくひと心地ついたときには、日はすっかり暮れていた。

「日本橋岩倉町の安曇屋という繭玉問屋で、奉公にあがったのはふた月前です」

おれと勝平が根気よくたずねたが、奉公先をきき出すだけで半刻ばかりもかかった。安曇屋を出たのは今朝方で、この雨の中、右も左もわからぬ江戸をさまよった揚句(あげく)、大川を越えてあの稲荷社に辿(たど)りついたようだ。

「で、いったい、何がなくなったんだ？」

「猫神さまです」

「ねこがみさま？」

おれと勝平は一緒に声をあげた。傍らで腕を組んでいる柾さまを見やったが、知らぬというように小さく首をふる。勝平のとこは小さい連中がうるさいから、おれたち四人は、あいだに二軒はさんだ柾さまの家にいた。

「猫神さまは、蚕(かいこ)を食べる鼠を退治するという神さまで、あたしの村では、お寺の裏や道端なんぞに石でできた猫神さまが置かれています。あの辺りはみんなお蚕を飼っていて、鼠は大敵なんです」

おのぶの在所は信濃(しなの)だった。昔から蚕飼(こがい)のさかんな土地らしく、奉公先の安曇屋もやはりおなじ信濃の出で、何代か前に江戸に出店を開いたという。猫神さまは、おのぶにとっても安曇屋にとっても、馴染(なじ)みの神さまのようだ。

「安曇屋の奥座敷の神棚には、江戸の名高い彫師(ほりし)に作らせた木彫の猫神さまがありました。それが半月ほど前に消えたんです。皆で家中を探したのに、どこにもなくて……」

「それで新参のおめえに、まずは疑いがかかったというわけか。たったそれだけで濡れ衣を着せるなんざ、ずいぶんと乱暴な話だな」

鼻息を荒げる勝平の傍らで、おのぶは屈託ありげに肩をすぼめてうつむいた。

「おのぶ？」

顔をのぞき込むと、娘は辛そうに眉根を寄せていた。

「ひょっとして、他になにかあるのか？　店がおめえを疑うわけが」

勝平の問いに、おのぶはぎゅっと膝前を握りしめ、無闇にかぶりをふった。

「おれたちにならなにを言ってもかまわねえぞ。おめえがたとえ泥棒だときいても、別に驚きゃしね……」

「あたしは、泥棒なんかじゃない！」

おのぶが鋭く叫び、そのまま畳につっ伏して大声で泣き出した。

まったくおれの口は、どうしようもない。女の子を泣かせるなんて、始末の悪いにもほどがある。どこぞの隠居の入れ歯みてえに口ごと外して、もっと締まりのいいものにすげ替えられりゃどんなにいいか。何度あやまっても、おのぶはどうしても顔を上げず、おれの方が泣きたくなった。

「……たし……じゃない……どろぼ……は……おとっつぁん……」

はっとなり、伏したおのぶの頭越しに、三人で顔を見合わせた。

おれにしてはめずらしく長いこと考えて、それから口を開いた。

「おれもだよ、おのぶ。おれも……咎人の子だ」

しゃくりあげていたおのぶが、ぴたりと鳴りをひそめ、柾さまの目許がかすかに動いた。頭を上げたおのぶは、涙でべとべとの顔をおれに据えた。

「おめえのほうが、なんぼかましだ。おれなんざ、人殺しの倅だもの」

おれの親父は諍いのあげく人を傷つけ、その怪我がもとで相手は寝たきりになった。親父は牢の中で死に、お袋はまわりの目に耐えかねたものか、山ひとつ越えた寺におれを預けて居なくなった。その寺の和尚は、他にも身寄りのない子供を世話していて、読み書きを習ったのもその頃だ。八つになるまで何も知らずにいたおれに、わざわざ注進に来たのは近所の悪童だった。そいつの蛙みてえな面が、いやあな具合にひん曲がっていたのを、いまでもはっきり覚えている。

「おめえの親父、人を殺したんだってな」

親父が怪我をさせた男が、五年も経ってから死んだのだ。蒸し返された親父の噂が山ひとつ越えるのは、雨雲よりも足がはやかった。

それからは村を歩くたび、囃したてられ石を投げられ、おれも負けじと存分に荒れた。

和尚がおれを、江戸にいる坊主仲間に託そうと決めたのは、蛙面の奴に傷を負わせたときだ。言っておくが、おれは肩を押しただけで、そいつが勝手に土手をころがり落ちたんだ。たいした怪我じゃなかったが、おれがちっとも悔いてないのを和尚はひどく案じた。

「寺男の爺さんに連れられて江戸に来てみれば、肝心の坊主は女犯の罪でしょっぴかれた後でよ」

「あの話は、笑えたな」と、脇で勝平がにやにやする。

おれがかいつまんで話をするあいだ、おのぶは目をまん丸にして、じいっとこちらを見詰めていた。

上野に帰るという爺さんのもとを逃げ出して、半年のあいだ荷運びの手伝いなんぞをしたけれど、人足に上前をはねられて一銭ももらえなかった。すっかりくさっていたときに、勝平たちと知り合って仲間になった。

たとえ道端でくたばろうとも、上野にだけは帰りたくなかったんだ。

「あたしのおとっつぁんは、在所の庄屋さん家に雇われていたの」

おれが話を終えた頃、おのぶはすっかり落ちついていて、まるで後を引きとるように ごくあたりまえに話しはじめた。

「去年の冬、末の弟が風邪をこじらせて、おとっつぁんは庄屋さんに薬代を無心したの」

女ばかりが六人もつづき、おのぶはその二番目だった。ようやく授かった男の子を、死なせたくない一心だったんだろう。

「けれど庄屋さんは大変なけちんぼで、耳を貸してくれなかった」

だいぶ気がほぐれたようで、古い馴染みにきかせるようなくだけた調子になっていた。

ただ、話すあいだじゅう、おのぶはおれの方ばかり見てるもんだから、なにやら照れくさくて仕方がなかった。

「思いあまっておとっつぁんは、庄屋さんのお金に手をつけて……」

親父さんはあっさり捕まり、弟も正月を待たずに亡くなった。一家は散り散りになったものの、その折に安曇屋の手代が声をかけてくれたという。

「手代頭の仁助さんは、繭玉の買いつけに来るたびに庄屋さん家に泊まっていて、あたしの家はその裏手にあったから、よく顔を合わせていたの」

「じゃあ、その手代頭は、おのぶの気性を買って、安曇屋に世話する気になったんだな」

おのぶの顔が初めてほころび、けれどすぐに途切れた。

「こんなことになっちまって、仁助さんにも合わす顔がない……」

それまでずっと、おれたちに舵棒を預けていた柾さまが口を開いた。

「おのぶ、おれが明日、一緒に行ってやるから、安曇屋に戻ってみないか？」

おのぶは返事をせずに、おれをじっと見た。その悲しそうな目が、拾ってくれと訴える道端の犬猫のようで、額に妙な汗がふき出した。またもや、思案より先に口がうごく。

「やっぱり、猫神さまを……」

「猫神さまを？」

「ええっと、猫神さまを……見つけ出すのが先じゃねえかと……」

「……どうやって？」

それがわかれば、苦労はしねえ。おのぶの目に射すくめられて進退きわまったところに、助け舟を出してくれたのは勝平だった。

「おれに、考えがある。柾さまが言ったように、ひとまずおのぶは安曇屋に帰れ。それでな、柾さまから安曇屋の主人に言ってほしいんだが……」

少し前から勝平が黙りこくっていたのは、どうやら策を練っていたようだ。

おのぶの気がようやくそちらに逸れて、おれはどうっとため息をついた。

「このたびは、ご造作をおかけしまして」

歳のころ、三十半ばの存外若い旦那は、柾さまにうやうやしく頭を下げたが、傍らにいたおれには怪訝な目を向けた。

「これは当家に縁のある者でな、おのぶを見つけて介抱した」と、柾さまが口を添えてくれた。

翌朝になって、柾さまに加え、おれも安曇屋に同行する羽目になったのは、おのぶがどうしてもと言ってきかなかったからだ。

「三治も、隅におけないな」

柾さまは楽しそうに茶化したが、おれはちょっと困っていた。仲間うちにも女の子はいるが、いまだに男言葉の抜けぬ登美を筆頭に、たくましい連中ばかりだ。おのぶのような頼りなげな娘は、どう扱っていいものやらわからない。ここへ来るまでもおのぶの足は幾度も止まり、大川を越えてから先は、おれがずうっと手を引いてやる始末になった。

だが、主人夫婦の前に出ると、おのぶは黙って店をとび出したことをていねいに詫びた。

「あの子は行儀も言葉遣いも、しつけができている。仁助が推すだけあって、父親のことさえなかったら、女中として不足のない娘なのですが」

心細げにこちらをふり返りながら、内儀に連れられておのぶが出ていくと、旦那はそっとため息をついた。

「あの娘は知らぬと申しておるし、猫神さまが大事なものだとよくわきまえてもいる。おのぶひとりに罪を着せるのは、いささか無体に過ぎると思えるが」

おれたちの前では決して使わぬ、武張った物言いだった。相手に理詰めでせまる柾さまは、いつもより数段立派に見える。旦那はあわてて弁解めいた口調になった。

「それはあたくしどもも、重々承知しております。証しもないのに滅多なことを言うものではないと諭したのですが、使用人たちの中に口さがないことを申した者がいるようで」

店の者は皆、おのぶの父親のことを知っていた。手代頭は雇い入れを乞うたとき、主人にだけ打ち明けたそうだが、おのぶの在所には若い手代たちも繭玉の買いつけに訪れていて、おそらくそのあたりから漏れたのだろうと、旦那は言った。

「猫神さまがなくなってから、妙なことが続くものですから、使用人たちも浮き足立っておりまして」

「妙なこととは？」

「まず、猫が居つかなくなりました」

「猫神さまだけではなく、本物の猫もおったのか」

ほう、と柾さまは、面白そうな顔をした。

「あたくしどもの商いには、鼠をとるための猫は欠かせません。十年近く飼っていた猫が二十日ほど前に死にまして、すぐに新しい猫を人から譲ってもらったのですが……」

その猫は、猫神さまが消えた翌日、店から姿を消したという。

「いくら待っても帰ってきませんので、わけを話して同じ家から、別の一匹をもらい受けたのですが、やはりすぐに居なくなりました」

「それはまた、奇妙な……」

「はい。おまけにどうも、屋内に鼠の気配がありまして。台所の野菜がかじられていたりしたもので、女中たちが騒ぎ出したのです。さらに七つになる息子が二度も続けて熱を出し、いよいよ猫神さまの祟りに違いないと……」

ふうむ、と柾さまが唸った。こうまで重なれば、祟りと恐れるのも無理はない。もっとも、倅の七之助さまは生まれつきからだが弱く、奥で寝たり起きたりの暮らしぶりだそうだが、ここしばらくはひどく顔色がよく食も進んでいたところ、猫神さまが消えたとたん一転したものだから、内儀もえらく気を揉んだようだ。

「なるほど、それで咎人探しに躍起になって、揚句におのぶに矛先が向いたというわけか」

旦那はいささか申し訳なさそうに、肩をつぼめた。

「実はな、安曇屋、おれはこう見えて失せもの探しが得手でな。この前も行方知れずになった子供を探しあてた」

「まことでございますか！」

よほど困っていたのだろう。主人の食いつきようは、こちらの目論見を上回っていた。

「お武家さま、ぜひ、猫神さまをお探しいただけませんか」

「よかろう、明日、助っ人をふたり連れて出直してまいる」

「助っ人と申しますと？」

「この三治と、もうひとり、やはり十二になる男の子だ」

　ここで初めて、主人はうさんくさげな顔をした。

「……そのう、お礼はもちろんさせていただきますが、だいたいいかほどかと」

どうやら強請(ゆすり)、集(たか)りに等しい、金目当てのいかがわしい連中と見られたようだ。

まあ、それも仕方のない話だ。

「金は要(い)らぬ。そのかわり、この子から頼みがある」

旦那はますます顔を曇らせたが、おれは手筈(てはず)と違うなりゆきに、お侍を仰いだ。

今日のおれはおのぶの付添いで、口上(こうじょう)はすべて柾さまに託されている。

「三治、おまえから言いなさい」

柾さまに重ねられ、おれも腹をくって旦那に目を据えた。

「もしも猫神さまが見つかったら、おのぶはこの先もここへ置いていただけやすよね？」

　主人は口をあけ、目をぱちぱちとしばたたかせた。

「そりゃ、まあ、あの娘に非がなければ……」

「だったら、そのときは、おのぶにあやまってくだせえ」

つい、声高（こわだか）な調子になった。主（あるじ）はあいていた口を閉じ、困ったふうに眉尻を下げた。

「そして、二度とおのぶの父親の話は出さないと、誓ってもらえやせんか。旦那さんからきつく達して、雇い人らにも二度と悪口なんぞ言わせねえと、約束してもらいてえんで」

安曇屋の旦那は、しばしじっとおれをながめ、神妙な顔で承知した。

「おれと三治は、あらためて家探しだ。柾さまには使用人なぞから話を拾ってもらいてえ」

翌日、柾さまはおれたちを伴って安曇屋に出向いたが、裏で采配（さいはい）をふるうのは勝平だった。柾さまはうなずいて、ひとまずおれたちと別れた。

「天井裏から床下まで、それこそ舐（な）めるように探したんだけどねえ」

案内につけられた古参（こさん）の女中は、家中を引っ張りまわされながらため息をついた。

安曇屋の猫神さまがどういうものかたずねてみると、短い枕のような胴に大きな丸い顔がついており、子供の頭くらいの大きさだという。

「鼠がかじった野菜ってのは、ありますかい？」

台所につくと、勝平がたずねた。

「歯形のあったところは切り落として捨てちまったけど、まだ屑箱(くずばこ)にあるかもしれない」

いったん外に出た台所女中は、間もなくしなびた大根の切れ端をもってきた。

「たしかにこいつは、鼠みてえだ……けど、妙に小せえな」

大根屑を手に勝平が首をひねる。少し思案して、今度は床と壁の境を這(は)いずりまわった。

「鼠が動きまわるのは夜だろ？　いまはいねえと思うけどな」

「まあな、でも足跡くらいはあるかもしれねえ」

鼠が足跡なんてつけるかね、と混ぜっかえした女中に、おれはずっと不思議に思っていたことをきいてみた。

「鼠がそれほど怖いなら、どうして石見(いわみ)銀山鼠取りを使わねえんです？」

「三つになるお嬢さんがね、なんでも口に入れちまうんだよ。上の坊ちゃんと違って、とにかくよく走りまわるもんで、子守もしょっちゅう見失っちまう。危なっかしくて石見銀山なぞ置けやしないよ」

「お、あった！」

女中の尻の後ろで、竈の後ろを確かめていた勝平が声をあげた。

指の先には、黒いべたべたしたものがこびりついている。

「この台所では、よく油を使うんですかい？」

「ああ、旦那さまはてんぷらが好物でね、よくお膳にのせるんだ」

勝平の指にあるのは、どうやら壁についていた油のかたまりのようだ。

「鼠の足跡が、あったのか？」

「いや、もっといいもんがついていた。ほら、見ろよ」

目をこらすと、黒い粘りの中に白い毛が数本ついていた。

念のため、この家にいたという猫の色を確かめてみたが、白毛は一匹も居なかった。

「こいつは猫の毛にしちゃ短すぎる。おそらく鼠のもんだろう」

「安曇屋に居ついているのが、白鼠だってのか？」

鼠なら長屋やどぶでいくらでも見かけるが、灰や茶なぞ小汚い色をしたものばかりだ。

「ところがな、こいつは白い毛と一緒に黒いのも混じってんだ」

黒い油のせいでまるでわからなかったが、勝平が指先を日にかざすと、白い毛の横に、たしかに黒く光る筋があった。ああ、と、思わず声が出た。

「そうか、白黒まだらの方か」

白い地に首まわりや尻尾のあたりだけが黒いやつは、二十日鼠の変わり種だ。大人しい気質（たち）で、飼い鼠として人気が高い。

「おそらく、どこかの飼い鼠が迷い込んできたんだろう」

へええ、と感心しながらも、消えた猫神さまとどう関わるのかとたずねると、おれにもわからねえ、と勝平はにやりとした。

「ここで仕舞（しまい）だよ」

そろそろ疲れてきたらしい女中は、いちばん奥まった座敷の前に重そうに膝をついた。

「坊ちゃん、よろしいですか？　今朝も申しましたとおり、お部屋をあらためさせていただきますよ」

中からか細い声が、おはいりと命じた。

「まあまあ、この暑いのに閉めきって」

女中が障子をあけると、座敷にこもった熱気とともに、薬くさいにおいが鼻をおおった。

真ん中に大きな蚊帳が吊られ、座敷の主はその中にいるようだ。目をこらすと、薄手の夜着を頭からかぶった小さなかたまりが見えた。

「まあ、七之助坊ちゃん、いくらなんでもお暑うございましょう」

今日も相変わらずの曇天で、着物が肌に張りつくほどの蒸し暑さだが、この座敷はさらに輪をかけて息苦しい。風を入れようと、女中が蚊帳に手をかけたが、

「坊はすごく寒いんだ。余計なことをしないでくれ」

と、小さな主はすぐさまあらがった。

「また、お熱が上がりましたか? いま、薬を……いえ、お医者さまをお呼びしますから」

「お医者も薬もいらない。いいから、さっさと済ませて出てっとくれ」

内儀に知らせに行ったのだろう、女中はあたふたと座敷を出ていった。

勝平はまるで気にするふうもなく、さっさと仕事にとりかかった。簞笥と、床の間脇の違い棚より他は、たいして探すところもなかったが、床の間の前で勝平がお

れを呼んだ。

覗いているのは、鉄でできた大きな茶釜だった。左手にふたをもち、無言で釜の中をしめす。中はからっぽだったが、顔を近づけると、ぷん、と嫌なにおいがする。顔をしかめて、これがなんだよ、と目だけで問うた。　勝平はにやりと笑い、釜の底から何かをつまみあげた。

あっ、と声が出た。勝平がつまんでいたのは、さっき台所の油にひっついていたのとまったく同じ、白と黒の短い毛だった。

「おまえたち、猫神さまを探しにきたんだろ。ここにはないぞ」

声にふり向くと、蚊帳の中に、薄物の下からのぞく小さな頭が見えた。

「坊ちゃんに、ちょいときききてえことが……」

おれが近づくと、相手はつつかれた亀のように、またたく間に首をひっこめた。

重ねてたずねようとするおれを、勝平が目で止めて、そして言った。

「たしかに、ここには猫神さまは居ないようだ。坊ちゃん、知りやせんか?」

「……知らないよ」

「ふうん……そういや、猫神さまのあった神棚は、この隣の座敷だっけ」

「……あんな高いところにあるもの、坊に届くわけないだろ」

「そりゃ、たしかに、違ぇねえ」

勝平はおかしそうに声をたてて笑うと、

「おめえ、猫は嫌いか？」

ぞんざいな口ぶりになった。相手はそのことは咎めずに、小さく返事をした。

「……別に嫌いじゃないけど……けど、この前死んだトラは、もうお爺さんだったから、かまっても面白くなかった」

そうか、とつぶやいて勝平は、邪魔したな、とそのまま座敷を後にした。

「いいのか、勝平」

「何がだ？」

「あの坊ちゃん、怪しいと思わねえか？」

「ああ、存分に怪しい。それに七つにしちゃ、なかなかの知恵者だ」

もう一度、くくっと笑う。猫神さまは近いうちに必ず戻る。勝平は、柾さまを通して安曇屋にそう告げて、店を辞した。

「お武家さま、それは何かの喩(たとえ)でしょうか？」

勝平の懐(ふところ)に納まっているものと、おれが手にした籠(かご)の中身に、旦那がぽかんとする。

二日経って、おれたちはもう一度、安曇屋へ足を運んだ。主の相手は柾さまに任せ、おれと勝平はまっすぐ病がちな倅のもとへ向かった。

縁（えん）からそうっと忍び寄り、今日はあけ放された障子の陰で、携（かか）えていた籠のふたをあけた。座敷に向かって中身を放すと、そいつはちょろりと走り出て、小さな鳴き声をあげた。

「あっ、チュウ太！」

子供の大きな声がして、おれと勝平はにんまりと笑い合った。

「チュウ太、チュウ太、おまえ、どこに行ってたんだ。ずうっと案じていた……」

はずんだ調子がふいに途切れ、やがてがっかりしたような声がきこえた。

「……違う……チュウ太じゃない……」

「やっぱり、ばれちまったか」

勝平が縁から頭を出して苦笑いする。座敷に踏み込んできたおれたちを、相手はぎゅっとにらみつけたが、手には大事そうに白黒まだらの鼠をのせている。

「まだら鼠の黒いもようは、どれも似ているようで同じものはねえときいた。おめえが飼ってたチュウ太は、どんなだった？」

「……首のまわりの太い輪は同じだけど、おしりの辺りに小さな黒いぶちがふたつあった」

大人（おとな）びた軽いため息をついてから、観念したように倅はこたえた。小さな青白い顔に、目ばかり妙に大きくうつる、癇（かん）の強そうな子供だった。

「おまえたちは猫神さまを探していたんだろう？　なんでこんなことするんだよ」

「そりゃあ、猫神さまに出てきてもらうためさ」

勝平の合図で、おれは床の間へずいと近づいた。

「あっ、だめだ！」

子供があわてて叫んだが、おれはかまわず茶釜のふたをとった。釜にすっぽり納まった猫神さまの丸い顔が、おれを見上げていた。

「勝平の思案どおりだ」

ほら、と茶釜から引き出した猫神さまを両手でかかげる。丸い頭から丸い耳がふたつ突き出し、その片方が子供がひと口かじったように、半分ほど欠けていた。

「あれは、チュウ太がかじったんだな？」

いっそう青ざめていた顔がふいに歪（ゆが）み、倅は大きくしゃくりあげた。

「チュウ太はひと月前に、この庭先に迷い込んできたんだ」

泣きながら、つっかえつっかえ語られた話は、ほとんど勝平の見込みどおりだった。

この家じゃ鼠は大敵だ。だから倅は茶釜の中でこっそり飼うことにした。白黒鼠の糞尿は存外においがひどいそうだが、座敷にただよう薬くささで大人も気づかなかったんだ。

「でも、ある日、釜から出して遊んでいるときにチュウ太が逃げて……」

「探してみたら、隣座敷の神棚で、猫神さまをかじっていたというわけか」

倅はあわてて庭から竹竿をもってきて鼠を払った。その拍子に木像は神棚から落ち、おまけに、猫神さまはチュウ太には相当おいしかったらしく、耳は半分なくなっていた。

「大事な猫神さまをこんなにしちまって……坊が叱られるのはいいけれど、見つかったらきっと、チュウ太が殺されちまう……そう思って……」

「だから猫神さまを隠したのか。それにしてもうまい手を考えたな。皆が家探しをしているあいだは蚊帳の中でてめえで抱え込んで、あとは茶釜に入れておくなんてな」

いったん探した茶釜の中は、隠し場所にはうってつけだ。この前おれたちが来たときも、同じ手を使ったのだ。

「新しくきた二匹の猫を、追い払ったのもおめえだよな？」

ようやく一段落していた涙が、また吹き出した。倅がなにより案じたのは、それきりどこかへいなくなったチュウ太のことだった。石を投げたり水をぶっかけたり、チュウ太を守りたい一心で、猫たちにはひどいことをした、と泣きながら白状した。この家に来てまもない猫たちは、さっさと逃げ出したのだろう。熱を出したのも、そのためだ。大人の目を盗みながら、せっせと猫を追いまわすのは、ひ弱な子供には大仕事だったろう。

「いまの話、旦那とおかみさんの前で話せるかい？」

涙を拭ってやりながら、おれはたずねた。倅は鼻をすすりあげ、黙ってうつむいている。

「坊ちゃんが名乗り出てくれねえと、おのぶって新参女中の疑いが晴れねえんだ」

え、と小さな頭が、はじかれたようにおれを仰いだ。子供にきかせる話じゃねえから、この坊ちゃんは何も知らなかったようだ。大きな目が、うろうろとさ迷い出した。

「難儀な思いをしたおのぶのために、親父さんとお袋さんに詫びを入れてくれねえか？」

ややあって、こっくりとうなずいた青白い顔は、なかなか凜々しく見えた。

「よし、それならおめえに、ふたつばかり褒美をやろう」

勝平は、山猫みたいな顔を、にかりとほころばせた。

「まず、鼠を生け捕りにするための罠を、家中に仕掛けてもらおう。もし、まだ安曇屋にいるなら、チュウ太も早晩見つかるさ」

ほんと、と子供の顔が輝いたが、すぐに悲しそうに眉を下げた。

「でも、そのあとチュウ太は……」

「殺さないよう、旦那さんに頼んでやるよ」

「……やっぱり、ここで飼うのは無理かな……」

「まあな、繭玉問屋の跡取り息子が、鼠を飼うのはまずいだろうな」

小さな両手でつくった囲いの中には、いまだに大事そうに白黒ねずみを抱えている。子供は切なそうに、その背をそっと撫でた。

内儀はなにかと忙しい身だし、子守女は幼い妹にかかりきりだ。この坊ちゃんは病がちだが、その分大人しく、加減が悪いときより他は面倒をかけない子供だという。たったひとりでこの座敷に寝起きして、ずいぶんと寂しい思いをしていたに違いない。

「そのかわり、いいものをもってきた」

勝平の目配せで、おれは鼠を戻してくれるよう頼んだ。こいつは稲荷売りの客からの借り物なのだ。名残惜しそうにしながらも、倅は素直に籠に鼠をいれた。

「新しい遊び相手は、こいつで我慢してくれねえか？」

勝平が懐からとり出したものを、子供は大喜びで受けとった。それは白地に灰色のぶちのはいった子猫だった。たっぷりと乳を飲ませてあったから、勝平の懐でいままでよく眠っていたのだ。子猫は眠そうな目をあけて、せまい顔いっぱいにあくびをした。

「これ、坊が飼ってもいいの？」

「ああ、ちゃんと世話してやってくれ」

この家にもらわれてくる猫は、鼠取りのうまい大人の猫ばかりだった。それはまた別に、もらい受ければいいだろう。

勝平がこの前、倅を見逃したのには理由がある。勝平は、子供に弱い。てめえのことは棚上げにして、困っている小さなものはみんな、己が守るべき子供だと思っている。勝平は、おのぶと同じくらい、この子のことも気にかけていた。

だからふた親の前できちんと頭を下げた、その心意気に免じて、安曇屋に秘策を与えた。

『猫神さまは半月ばかりのあいだ、安曇屋の内で鼠退治に奔走していた』

翌日、おのぶをはじめとする使用人たちの前に、耳をかじられ、さらに蜘蛛の巣をたっぷりと巻きつけた猫神さまが披露された。おのぶはともかく、年嵩の使用人たちがどこまで本気にしたかはわからないが、少なくともおのぶの疑いは晴れた。

「皆の前で旦那さんは、あたしに詫びて下すったのよ。かえって申し訳ないようで、こちらのほうがあわてちまったわ」

登美の着物を、立派な菓子折りと一緒に返しにきて、おのぶが言った。

耳欠けの猫神さまは、安曇屋の家宝として、いっそう大事に祀られることだろう。

「あたしね、おとっつぁんの罪はこの先一生、あたしの背中にぺったりと張りついちまうって思ってた。でも、三治さんと会って、それとあたしは別物だってわかったの。三治さんには親の咎の影なんて、微塵もないもの」

相手を助けたつもりで、救ってもらったのはおれのほうかもしれない。

さんなんて呼ばれたのも初めてで、とにかくこそばゆくってならなかった。

「たいがいの女ってのは、ああも面倒くさいものかな」

おのぶを見送ると、おれは傍らの登美に言った。

「三治、おまえ、顔が赤いぞ」

常のとおりの素っ気なさで返し、登美はさっさと菓子折りを開きにかかった。

暦はあてにならず、出梅が過ぎても、治りの悪い風邪のような空もようが続いた。

久方ぶりにお天道さまが顔を出したその日、待ってましたとばかりにおれたちは、柾さまの商売の店開きにかかった。十枚ほどの似顔絵を竹竿にはさんでならべ、あとは折りたたみのきく旅用の腰掛けをふたつ置くだけだから、たいした手間もかからない。

いつも一緒に稲荷売りにまわる、六つのシゲとかしましくやっていたら、

「それは、違う！」

突然、柾さまの声がとんだ。びっくりしたシゲが、絵をかかげたまま固まっている。

柾さまはおれたちや長屋連中を相手に、客寄せのための似顔絵を描きためてい

た。

だが、シゲが手にしているのは、見たこともないきれいな女の顔だった。

――ひょっとして、柾さまのいい人かい？

口を突きそうになった軽口を、既のところで呑み込んだ。

柾さまはまるで、つま先をきゅっと踏まれたような顔をしていた。

「すまないな、シゲ、やっぱりそれも飾ってくれるか」

やがて、不安げな面持ちでいたシゲを抱き上げて、竿のてっぺんにその絵をかけさせた。

素知らぬふりでいたおれに、柾さまが顔を向けた。

「この女は、おれの仇だ」

あのときと同じに、笑みは失せていた。

――人に言いたくないこと、思い出したくもないことが、おれにもある。

これで、おあいこだ。そう言っているように、おれには思えた。

竿の先に留められた絵が、夏めいた陽射しの中で、ゆるやかな風にひるがえった。

だるま猫

宮部みゆき

一

文次(ぶんじ)は、槍(やり)のような大雨のなかに立っている。

おとっちゃんに怒鳴られるのが怖くて家に入れず、叩(たた)きつけるような夕立と雷のなかで、もう小半時(こはんとき)も外に立っている。閉じたまぶたの裏でも稲妻が閃(ひらめ)き、両手で覆(おお)った耳の底までも、地面をどよもすような雷鳴が轟(とどろ)いてきた。それでも文次は、震え泣きながら、長屋の入り口の木戸の粗末な庇(ひさし)の下に立ち、そこから動こうとはしなかった。動くことができなかった。家でおとっちゃんが酒を飲んでいたからだ。

文次はそこでそうやって、古着の担(かつ)ぎ売りをしている母親が戻ってくるのを待っている。かあちゃんが商(あきな)いしながら通る道筋は、だいたいわかっていた。きっと今は、三丁目の煙草(たばこ)屋の軒先あたりで雨宿りしているにちがいない。あのいけすかない番頭が、かあちゃんを野良犬(のらいぬ)を追うようにして軒先から追い出していなければの話だが。

文次は家にとって返し、あちこち骨が折れ油紙の破れた番傘(ばんがさ)を持ってきて、かあちゃんを迎えに行きたいと思った。何度もそう思った。だが、それができない。破れ障子を開けて番傘に手をのばせば、おとっちゃんが縁(ふち)の欠けたどんぶりを投げつけてくるにちがいないからだ。その場はそのまま逃げだすことができても、かあちゃんと一緒に帰れば、さっきはどうして逃げたと怒鳴られて、もっとひどい目にあわされるからだ。また井戸端の杭(くい)にくくりつけられて、ひと晩ほうっておかれるかもしれないからだ。文次はこれまでにも幾度かそういう目にあっていたが、どのときでも、かっとなったら何をしでかすかわからないおとっちゃんの気性をよく知っている長屋の人たちは、誰一人、文次を救(たす)けてはくれなかった。

雷が怖くて、文次は声をあげて泣いた。泣き声は雷鳴が隠してくれた。頬を流れる涙は雨にまぎれた。大粒の雨は、薄い着物の上から、文次の青白い肌をしたたかに叩(たた)いたが、おとっちゃんの拳骨(げんこつ)に比べたら撫(な)でられているようなものだった。だから、七つの文次は魚の腹のように血の気のない爪先(つまさき)を泥にうずめて、雨がやむまで立っている。辛抱強く立っている。雨で身体が冷えきってしまっても立っている

――

そこで、はっと目が覚めた。今や十六になり、ひとりぼっちになった文次は、薄べったい敷き布団(ぶとん)の上で目を見開いた。

（また夢を見たんだ……）

うなされて蹴飛ばしたのか、継ぎあてだらけの夜着が、足元に丸まっている。寒気がするのはそのせいだ。寝巻の前はだらしなくはだけ、顔にも胸にもべったりと汗をかいているが、これは冷汗で、暑さのためではない。夜気は涼しく、文次はひとつくしゃみをした。

思いがけず大きく響いたくしゃみの音に、文次は首を縮めて耳を澄ませた。階上で寝ている角蔵は、歳のせいか妙に耳ざとい。だが、しばらくじっとしていても何の気配も感じられないので、ひとまずほっとした。角蔵はほとんどうるさいことを言わない雇い主だが、寝ているところを邪魔すると、ひどく機嫌が悪くなるのだ。

角蔵は、もう六十近い年配だが、まったくの独り身だ。かみさんや子供がいるのかどうか、あるいはいたことがあるのかどうかさえ、文次は知らない。このひさご屋をひとりで切り回し、いつもむっつりした顔をしている。一膳飯屋のあるじとしては、どうしようもないほど愛想がない。馴染みのお客とのあいだでさえ、無駄口もほとんどたたかない。

変わり者と、言えば言える。淋しいという言葉を知らずに、ここまで生きてきたのかもしれない。生きものが大嫌いだと言って、犬の子一匹寄せつけようとしないし、金魚売りにさえいい顔をしないくらいだから、人という生きものも嫌いなのかもしれない。

もっとも、そんな雇い主だからこそ、文次もなんとかもっているのだ。これがあれこれ詮索（せんさく）されるようだと、三日と働くことができなかったかもしれない。

文次はそっと寝床を抜け出し、土間（どま）へおりて水を飲んだ。汗は乾いてきたが、喉（のど）は干上がっていた。夢はまだうなじのあたりにまつわりついている。

土間はしんと冷えていた。季節が変わったことを、文次は肌で感じた。もう秋だ。

ひさご屋では十日も前から突出しに柚子味噌（ゆずみそ）を出すようになった。あさってからはだらだら祭で、縁起ものの好きな角蔵のために、文次も生姜（しょうが）を仕入れに出かける。暦は容赦（ようしゃ）なくめくれてゆく。そうだ、もう秋だ。そう思うと、心が萎（な）えてゆくのを感じた。

一昨年の今ごろには、楽しい気分で考えていた。一年もたてば、けっこう一人前の顔をして、足場から足場を飛び歩くことができるようになっているだろう、と。そうして、ひとたびすり半鐘（はんしょう）を耳にしたなら、頭（かしら）にしたがって火事場へ飛び出してゆくのだ、と。

それが、今はどうだ。

一膳飯屋で居酒屋の、このひさご屋で、ひからびたようなじじいの角蔵にこきつかわれている。店を閉めたあとは、用心棒代わりに、奥のこんな狭苦しい座敷に横になって、頭の上の蠅(はえ)を追ったり、隙間(すきま)風と添い寝したりしている。

これを見ろ、なんてざまだよ。

文次はため息をついた。吐息(といき)のおっぽが震えているような気がして、それでなおさら惨(みじ)めになった。

俺は火消しになるはずだった。今ごろは火消しになっているはずだった。最初は平人(ひらんど)でも、そのうち梯子(はしご)持ちになって、いつかは火事場のてっぺんで纏(まとい)を振るようになる。きっとなるのだと、そう決めていた。

それなのに、今はこうして寝汗をかき、裸足(はだし)で土間に降りて夜気に背中を丸めている。

こんなふうだから、子供のころの夢なんか見るのだ。あのころも、今と同じように惨めだったから。

今と同じように、臆病(おくびょう)者だったから。

十の歳まで毎夜のように寝小便をしていた。よく怖い夢を見てはかあちゃんの夜着にもぐりこみ、そのことでしょっちゅうおとっちゃんに叱られた。酒癖が悪く、手間大工で稼いでくる細々とした金も、みな酒に使い果たしてしまう父の怒鳴り声は、幼いころの文次にとっては、何よりも恐ろしいものだった。

そのおとっちゃんはもうこの世にはいない。四年前に死んだ。酒のせいだろう、大いびきをかいて寝込み、そのまま目を覚まさなかったのだ。かあちゃんも、おとっちゃんが逝ってほっとして、やっと少しは楽ができるようになったと思ったら、それから半年もしないうちに、おとっちゃんを追っかけるようにして死んでしまった。苦労をつっかえ棒にして、ようやく生きていた人だから、苦労がなくなったら倒れてしまうのだと、長屋のかみさんの誰かが言っていた。そんな情けない話はないと、文次は思ったものだ。

こうして文次はひとりになった。かあちゃんには兄弟が多く、みな貧乏人ばかりだったが、妹のひとり息子を、それなりに面倒見てくれたから、みなし子にはならずに済んだ。その代わり、尻の温まるひまもないほどに、あちこちたらいまわしにされた。文次にとって、世話をしてくれた伯父や伯母は、気の短いせんべい屋のおやじみたいなものだった。しじゅう箸の先で文次をつっつきまわし、裏返し、あっちへいけこっちへいけ。

文次が十三の歳の冬、そのときやっかいになっていた伯父の家の近くで火が出て、おりからの北風にあおられ、四町も焼く大火となった。一家は逃げ遅れかけ、丸ごと焼けだされた。火事が多い江戸の町のこととはいえ、これほどの思いをするのは、文次も初めてだった。

そしてまた、このとき初めて、火消しの男たちを間近に見た。

今でもはっきりと覚えている。法被を着て皮頭巾をかぶった小柄な男が、梯子など無用とばかりに天水桶に足をかけ、するすると屋根にのぼっていった様子を。逃げ惑う人たちのあいだに分け入り、野次馬を蹴散らして進んでゆく男たちを。打ち振られる纏のばれんに火の粉が降りかかっても、纏を持つ男の手が緩みもしなかったことを。悲鳴や怒号、木槌で建物を壊す騒々しい音のなかでも、誰ひとり聞き逃すことのないほどの、矢のようにまっすぐで芯の通った声が、ぴしぴしと指示を飛ばしていたことを。その声の主——それが頭だったのだ——の皮羽織の背中に、炎が照り映え、そこに一頭の龍が染めつけられていたことを。

さながら夢のようだった。恐ろしささえ遠退いた。そして文次は決めたのだ。

俺、大人になったら火消しになるんだ、と。

そのことを伯父たちに話すと、みな、鼻で笑った。なかでも、かあちゃんのいちばん上の兄貴はひどかった。おめえのような根性なしが火消しになれるわけがねえと頭から決めつけ、文次が言い返すと、二度に一度は手をあげて殴りつけてきた。伯父たちにしてみれば、妹と妹のろくでなしの亭主が早死にしたせいで、余計な口をひとつ養ってやらなきゃならねえ、いい迷惑だと思うだけで、そしてその子に食わせるのが精一杯で、その子の夢にまでは付き合ってやれなかったのだろう。

だが、どれほど冷たくあしらわれても、どれほど小馬鹿(こばか)にされても、文次はその夢をあきらめなかった。そこには文次のすべてがあった。飲んだくれのおとっちゃんが怖かったことも、かあちゃんがしじゅう泣いていたことも、井戸端にくりつけられて腹が減って死にそうになったことも、伯父や伯母に疎(うと)まれたことも、従兄(いとこ)たちからいじめられたことも、すべて帳消しにするものがそこにはあった。それが文次のつっかえ棒になった。

そうして、ちょうど一昨年の秋のことだ。その夢の一端が、文次の頭のなかから出てきて、文次の袖(そで)を引き、歩きだす方向を教えてくれたのは。

二

そのころ文次は、二番目の伯父の家にいた。麻布のうどん坂のとっつきにある、小さいが繁盛している紙屋だった。紙屋の商売には力がいるし、手やくちびるは乾くし肌も荒れる。この家には文次よりも年下の娘がふたりばかりしかおらず、男手が足らなかったので、彼はいいように使われていた。ひとりで気ままに出歩くことなどできないし、一日が終わればぶっ倒れるようにして眠るだけだった。

ところが、急に、娘のひとりが婿をとることになった。金貸しの次男で、おかげで紙屋は急に内証が良くなった。その気になれば、人も雇うことができる。文次はそれを、自由になる唯一の機会と見た。家に入る婿さんだって、従兄とはいえ、文次のような居候が同居していることを、あまり快く思っていないような感じもあったから、そのあたりをうまくついていけば、かならず抜け出せると思った。

その読みは当たっていた。紙屋の一家は、ただ働きの奉公人を手放すわけにはいかないというふうだったが、婿さんのほうは、また違う腹積もりがあった。文次をどこかに奉公に出そうと言い出したのだ。

文次は表向き、承知したような顔をしていた。そうして、やれ祝言だなんだのと、紙屋の一家の気持ちがよそに向いているうちに、ある晩、すずめの涙ほどのたくわえと、ふろしき包みひとつを抱いて家を飛び出した。

行くあては、あった。文次の心積もりのなかだけのものだったが、あてはあった。どこでもいい、片っ端から鳶の組に飛び込んで、最初はどんな下働きでもいいから使ってくれと頼み込むのだ。ほかに行くところはない、家族もない、使ってもらえなければ野垂れ死ぬだけだと頑張るのだ。鳶職としても一人前になりたいが、なにより火消しになりたいのだと必死でうったえれば、文次の熱意を、夢の強さ大きさを、どこかの組の、誰かひとりの頭でも、きっとわかってくれるはずだ。

破れかぶれともいえる、十四の少年のこのやり方で、目的を達するまでに、五日かかった。さすがの文次も、空腹と疲労とでふらついていた。

拾ってくれたのは、大川をこえた深川のお不動様のそばにある、猪助という鳶職の頭だった。最初はまあ下働きだが、使ってみてもいいか——という猪助の言葉に、文次は地面に頭をすりつけて礼を言った。うれしくて涙がにじんだ。

本所深川には、大川の西側の十番組とは別に、十六番の組が置かれている。文次にもその程度の知識はあった。が、なかに入ってみて初めて、猪助のところは、鳶の組そのものとしてもごく小さく、火消しとしてはいちばん格下——というより、火消しのうちに勘定されない、土手組としての地位しか持っていないということを知った。このときには、飯も喉を通らないほどに落胆したものだ。
すると、猪助は笑って言った。「はじめは土手組の人足でも、しまいまでそのまんまってことはねえ。おめえの心がけと働き次第で、よその組や頭につないでやったっていい。平人だって梯子にだってなれる」

文次はその言葉を信じた。それで生き返った心地がした。飯炊き、洗濯、布団干し、猪助の肩もみまで、骨身を惜しまずに働いた。そうして、少しずつ少しずつ、まずは鳶としての仕事のあれこれを盗むようにして覚えていった。夢はかなう。少なくとも、そのとば口には立ったのだから。あとは歩いて、走ってゆくだけだ。
だが、ほかの誰でもない、文次自身の心が、その夢を裏切った。

去年の春のことだ。よく晴れた月の明るい夜だった。埃っぽく生暖かい風が強く吹き、そこここの戸口を鳴らしていた。

火の手があがったのは、古石場の町屋の一角だった。風にのせられて、その火はたちまち木場町のほうにまで広がる勢いを見せた。水路の多い土地とはいえ、勢いにのれば、炎は狭い水の流れなど楽に飛びこえて燃え移ってしまう。しかも木場は材木の町だ。いったん燃えひろがれば手のほどこしようがなくなってしまう。

招集を受けて、猪助は乏しい手下を連れて起った。文次もそれについてゆくことを許された。

「けっして俺から離れるな。火に近づくな。余計なことをするな。指図されたことだけやればいい」

猪助の戒めを、早くも高鳴る胸の鼓動を押さえながら、文次は聞いた。遠くで近くで、狂ったように鳴り響く半鐘が、文次の頭のなかでも鳴っていた。

（これを初手柄にしてやる）

子供こどもした気負いがあった。猪助の戒めは心に刻んだが、自分は大丈夫だという自負もあった。俺は火消しになるのが夢だったんだ。なにも怖いことがあるものか。

しかし――

風と炎と悲鳴と、打ち壊しの埃と土煙のなかで、そういう自負は、春先の雪のように溶けて消えた。

文次は怖かった。子供のとき、命からがら大火から逃げだし、初めて火消しを間近に見たあのときでさえ感じなかったような怖さを、腹の底にこたえるような恐怖を、初めて出掛けていった火事場で、文次は味わったのだった。

火に近づくなと、猪助は言った。文次の勇み足を防ぐためだったろう。だが実際には、そんな忠告など要らなかった。火事場に入り、どんな野次馬よりも近くで炎を目にし、その熱気に頬をあぶられたとき、文次は身体が動かなくなった。

なぜだ。なぜ怖いのだ。どうして足がすくむのだ。あんなに夢みてきたのに。あれほど願ってきたのに。その夢の端っこをつかんでいるのに、なぜ怖くてたまらないのだ。

なぜ頭で考えたようにはいかないのだ。

そのときの火事は、幸い、大きなものにはならなかった。猪助たちは、夜明け前に引き上げた。

帰り道、猪助が言った。「文次どうした。蛇ににらまれた蛙（かえる）みてえだったな」

それで、糸が切れた。文次は声をのんで泣きだした。

それから数ヵ月のあいだに、あと二回同じようなことがあった。火事場に出張（でば）ってゆくたびに、文次の身体はこわばり、舌はもつれ、膝（ひざ）から下がこんにゃくのように軟らかくなって、身動きができなくなってしまう。

「なに、そのうちに慣れる」と言ってくれていた猪助も、文次のただ事でない怯えように、眉をひそめるようになった。

そうして、去年の暮れに、とうとう引導を渡された。

「おれも、火事のたんびにおめえを連れ出して、いつかおめえが、すくんだまんまに焼け死んじまうのを見るのは忍びねえ。逆に、おめえを救けるために、ほかの連中が危ねえ目にあうのを放っておくわけにもいかねえ。文次、おめえはまだ子供だ。無理をすることはねえ。しばらく、うちから離れていろいろ考えてからでも遅くはねえ。おめえのしたいようにすればいいんだ。働き口なら、俺が面倒みることもできる」

その話に、文次はすぐにはうなずかなかった。できるわけがない。もう一度、もう一度やらしてくださいと、泣くようにして猪助に頼み込み、次の半鐘を待った。だが、次のときも、結果は同じだった。それどころか、もっと悪かった。なんとか我慢しようとしたのがかえって災いし、文次は腕に火傷を負い、仲間に救けられ、その仲間にも怪我をさせた。

組に帰ると、文次が何も言わないうちに、猪助が黙って首を横に振った。

そうして、今のこの暮らしがある。

ひさご屋の角蔵は、猪助の古くからの知り合いだという。年齢はずっと離れているが、気楽にものを頼むことのできる間柄だという。そして、ずいぶん前から、ひさご屋では下働きの若い者を探していたという。

「角蔵のところで働いて、もうしばらく考えてみるといい。あんがい、一膳飯屋が性にあってればそれでもいい」

猪助はそんな優しいことを言ったが、本音では呆れていたのだろう。笑っていたのだろう。やっぱり子供の言うことだ、まともに聞いた俺が馬鹿だった、と。文次はそう思い、顔から火が出る思いがした。

正月からひさご屋で暮らして、季節はもう秋になった。文次には、何も見えてこない。何もわからない。ここで働くことが性にあっているのかどうかわからない。火事場へ出ていって、また震えてしまうかどうかもわからない。

いや、自分が本当に火消しのような勇敢な男になれるかどうか、それもわからなくなった。

だから夢を見るのだと思う。おとっちゃんが怖かった、がきのころの夢を。文次のなかに生き続けている臆病者の夢を。

心の中に残っているいい夢の残りかすと、頭のなかから消えてゆかない悪い夢の切れ端。土間に立ちつくして文次は、ひさご屋のすぐ近くを走る竪川に、そのすべてを流してしまいたいと思った。

三

夜明けと同時に起きだして米をといでいると、背中ごしに、角蔵が声をかけてきた。

「ゆうべ、うなされていたようだな」

文次はちょっと言葉につまった。やはり、夜中にごそごそしていたのを、角蔵に気づかれていたのだろうかと思った。

「すみません」

すると、角蔵はぼそっと言った。「ゆうべばかりじゃねえ。たびたびそういうことがある。おめえがうちで働くようになってからこっち、もう数えきれねえほどだ」

文次は冷汗をかいた。それほどひどかったのか。

「朝は忙しいから、長げえ話はできねえが、これだけは言っておく」

と、角蔵は続けた。文次がそっとうかがって見ると、角蔵は寝起きのむくんだような顔をしている。いつもと同じように無表情で、そっけなく足元にこぼすようなものの言い方だった。

「おめえのような奴(やつ)は、めずらしくはねえ。火消しになりてえと思って、なりきれねえ奴はほかにもいる。そう恥ずかしいことじゃねえ。気にするな」

米のとぎ汁のなかに手をつっこんだまま、文次は身体を強(こわ)ばらせた。

猪助は、文次をひさご屋に紹介するとき、おめえのことは、ただ働き口を探している若い者だとしか言っていない、と話していた。あれこれの事情は告げていない、と。

あれは嘘(うそ)だったのか。角蔵は、最初から何もかも知っていたのか。

すると、短い猪首(いくび)をかしげるようにして文次のほうを見ながら、角蔵は言い足した。

「猪助を恨むんじゃねえぞ。あいつも、なんとかおめえの身がたつようにと、いろいろ心配していたんだ。それで、俺のところに話を持ってきた」

文次は喉(のど)がつまるような感じがした。

「それじゃ、ひょっとしたら、ここじゃあ、働き手なんか探していなかったんじゃないですか。頭が頼んでくれたから、俺を使ってくれたというだけで」

角蔵は黙っていた。それが返事になっていた。

やがて、文次から顔をそらしたまま言った。

「このことは、おめえがこんなふうに悩まされていなけりゃ、俺の腹のうちに納めておくつもりだった。ずっと、ずっとな」

「すんません」文次はうつむいたままつぶやいた。

「俺は、どうしようもねえ臆病者なんです。てめえでも呆れてます」

不意に、涙があふれてきた。それを拭うだけの意地もなくなっていた。

「こんなてめえをどうにかしてしまいたいと思いますよ。臆病者を返上できるなら、どんなことだってします。どんな荒っぽいことだって、どんな悪いことだって」

「軽々しくそんなことをいうもんじゃねえ」

角蔵が諌めた。口調が鋭くなっていた。

「あんまり思い詰めるな。いいな」

話はそれだけだった。文次は口のなかで小さく「へい」とつぶやき、その日の仕事にとりかかった。

昼間の仕事は何もかわることなく、それきり角蔵とこのことについて話すこともなかったが、それからは毎夜のように、文次は夢を見るようになった。やはり、角蔵がすべてを知っていたということが、心に重く沈んでいる。昼のうちは忘れていることのできるそのうしろめたさ恥ずかしさが、夜になると悪い夢を連れてくるのだ。

夢を見るたびに、文次は、がきに戻って寝小便をもらしてしまったのかとあわてるほどに冷汗をびっしょりかき、ときには震えながら飛び起きた。何度繰り返されても、けっして心が慣れてしまうということがなく、夢はいつも同じように、文次の身をさいなんだ。そしてまた、そういう夜中の自分の有様を、眠りの浅い体質(たち)の角蔵が、階上(うえ)の寝床でどんなふうに聞いているだろうかと思うたびに、頭のなかいっぱいに嘲笑(ちょうしょう)の声が響き渡る。臆病者、臆病者、臆病者——

そうやってひと月がすぎたある晩、客足がひと段落すると、角蔵が不意に、「今夜は早じまいにしよう」と言い出した。

「どうかしたんですか」

「おめえに話しておきてえことがある」

いよいよきたかと、文次は身を縮めた。これ以上、こんな厄介な野郎を置いてはおけないと、追い出されるのだろうか。

のれんをしまい、火を落とすと、角蔵は文次を促して、狭い梯子段をあがっていった。行灯建のこの家の、二階の座敷に足を踏み入れるのは、このときが初めてであることに、今さらのように文次は気がついた。

乾いた畳を踏んで座敷を横切ると、角蔵は瓦灯に火を入れた。部屋の隅に、きちんと畳んだ敷き布団と夜着が重ねてある。文次は、黒い煙をあげながら燃えている瓦灯の油の匂いと、かすかな埃臭さを感じた。

きちんと正座した文次には目もくれず、角蔵は、座敷の西の隅にある、半間の押入れを開けて、身体を半分そこにつっこむようにしながら、少しのあいだもぞもぞしていた。やがて、あとずさりしながら押入れから出てきたときには、右手になにかを持っていた。薄暗がりのなかで、文次は目をこらした。

「これを見てみろ」

言いながら、角蔵は手にしたものを文次の目の前に持ってきた。

猫頭巾だった。

ずいぶんと古い代物で、皮の折り目のところが白っ茶けている。あちこち手ずれをしていてやわらかく、覆面の部分や、うなじを覆う垂れの部分の端っこが、あちこち焦げている。使いこんだ年代物だ。

「これは……」

おもわずつぶやいた文次に、角蔵はうなずいてみせた。「俺のだ、昔、俺が火消しだったころに使っていた。もう何十年も昔の話だが」

皮製の頭巾に覆面をつけた猫頭巾は、町火消しの決まりの装束のひとつなのだ。文次ももむろん、そのことはよく知っている。

「――親父さんも火消しだったんですか」

角蔵は、手に握った頭巾をゆっくりと広げながら、どこか投げ遣りな様子で「うん」と言った。

「どれくらいのあいだ、火消しをしたんですか」

「さあ、二、三年のことだろう」と、かすかに笑った。「俺は臆病者だったからな」

文次は黙って角蔵の顔を見つめた。すると、頭巾のほうに目を落としたまま、角蔵はするりと着物の片肌を脱いで、くるりと文次に背を向けた。

文次は目を見張った。角蔵の痩せた背中に、醜い火傷の痕がいくつも残っている。左のかいがら骨のすぐ上には、深い切傷が治った痕のような、くさび形のあざがあった。

「俺は臆病者だった」着物を肩の上に戻しながら、顔をあげて文次の目を見て、もう一度、角蔵は言った。「それだから、火消しの組から逃げだしたのさ」

文次は干涸(ひから)びたような感じのする喉に湿りをくれて、やっと言った。「そんなひどい火傷を負うほど、火事場のなかに踏み込んでいた親父さんが、臆病者のわけがねえ」

角蔵はまた目を伏せた。それから、ゆっくりと、お経でもとなえているかのような口調で語りだした。「話の都合で、俺がどこの組にいたのかってことは伏せておかないとならねえ。おいおい、それがどうしてかってことはわかるだろうがな」

火消しに憧(あこが)れ、組に加わったのは、おめえと同じように十六の歳(とし)のことだった——と続ける。

「俺の生まれも、おめえと似たりよったりで、頼りになる身内もいなかった。捨てるものもねえ、心配してくれるもんもいねえ。俺はただただ火消しになりたかった。おめえと同じだ」

そして、そこから先も同じだった。

「いざ組に入って火事場に出ると、俺は怖(お)じ気づいちまった。おめえより、もっとずっとひどかったろうよ。てめえでてめえがわからなくなった。どうしてこんなに、小便をちびりそうになるほど怖いんだろう、逃げだしたくなるんだろう——そう思うと、てめえの頭をかち割ってやりたくなったもんだ」

そのうち慣れる、そのうちと、自分をごまかしながら半年を過ごした。だが、いっこうに、慣れるということはなかった。

「俺は悔しかったし情けなかった。肝っ玉を金で買えるなら、押し込みや人殺しをやってでもその金をこさえてやるんだが、とまで思い詰めたもんだ。まわりの連中の俺を見る目が、どんどん冷たくなっていくのもわかった。誰もからかっちゃくれねえ。もう、笑って背中をたたいてもくれねえ。おめえは駄目だ、出ていきな、あばよ。誰の顔にもそう書いてあった」

角蔵は、膝の上で骨張ったこぶしを握り締めた。「だが、俺はあきらめたくなかったんだ」

何十年も昔の悔しさが、少しも薄れることなく、しわの深い角蔵の目尻(めじり)や口許(くちもと)に、くっきりと浮かび上がっている。

「ちょうどそのころのことだ。俺は、ひょんなことからひとりの按摩(あんま)に会った。組に出入りしていたじいさんで、そのころでもう、七十に手が届こうという歳だった」

商売だから愛想こそいいが、いつもなら、角蔵のような下っ端に声をかけることさえないその按摩が、そのときに限って、向こうから近寄ってきたのだ、という。内密に話をしたいと、妙に神妙な声を出して。

「そうして、のっけから言いやがった」

――頭に聞きましたが、おまえさん、組から出されるようですねえ。このままじゃ、おまえさんのせいで死人が出るってねえ。

「俺は、野郎を殴りつけてやろうかと思ったよ。按摩のほうもそれに気づいたのか、にやにや笑って、まあまあ怒りなさんなと宥めるんだ」

――あんたに、いい話を持ってきたんですよ。

そして、懐を探り、一枚の猫頭巾を取り出した。

「それがこいつだよ」角蔵は言って、また頭巾を握り締めた。「こいつは、だるま猫って頭巾だって言ってな」

「だるま猫」

角蔵は膝を乗り出し、瓦灯の乏しい明かりの下で、文次の鼻先に猫頭巾を突きつけた。

「よく見てみろ。頭のところに、猫の絵が描いてあるだろう。もうすっかり薄くなっちまってるが」

文次は目を細め、顔を近づけてよく見てみた。なるほど、ほとんど線ばかりしか残っていないが、背を丸め目を閉じた一匹の猫が、身体中の毛をふくらまして座っているところを描いた絵があった。脚を身体の下に入れて丸まっているので、たしかに、だるまさんのように見える。

――こいつは縁起ものですよ。

「按摩はそう言ったんだ。このだるま猫は、火事場であんたを守ってくれる。こいつを被って出ていけば、臆病風に吹かれることもなくなる。そいつは私が命をかけて請け合いますってな」

文次は角蔵の痩せた顎を見あげた。角蔵はにっと笑ってみせた。

「俺も、すぐには真にうけなかった。人を小馬鹿にしやがってと腹を立てた。だが、按摩はしつこく同じことを言い張って、私はあんたを助けてあげたいだけだからと粘るんだ。もちろん、売り付けるつもりもない。無料でいい。だまされたと思って、一度これを被って火事場へ出てごらんなさいと、なあ」

臆病者の自分に嫌気がさしていながら、組を出されるかもしれないと思うといてもたってもいられないほどの焦りを感じてもいた角蔵は、結局、その頭巾を受け取った。

「おめえだって、そうするだろう。藁にもすがりてえというのは、あるからな」

文次は黙ってうなずいた。

「その日のうちに、はかったように、頭が俺を呼び付けた。顔を見ただけで、何を言われるかわかったよ。俺はとにかく泣きついて、あと一度だけ。もう一度だけ試させてくれと頼み込んだ。それでようやく、首がつながったんだ。頭は苦い顔をしていなすったが」

「それで……」それで本当に臆病者ではなくなったのかと、文次は早く知りたかった。「それでどうなったんです」

角蔵はあっさりと答えた。「按摩の言うとおりだった。だるま猫の頭巾を被るようになってから、俺は嘘のように勇敢になったんだ。火事場が恐ろしくなくなった」

文次は、思わず、角蔵の手のなかにある古ぼけた頭巾に目をやった。

「信じられねえだろう。だが本当だ」

「どうしてですか。どうして急に――」

「見えるからだよ」と、角蔵は答えた。

「見える？」

「そうだ。この頭巾を被って出てゆくと、まだ半鐘が遠いうちから、煙の匂いさえしねえうちから、その日の火事の有様が、まるで幻を見るように頭のなかに浮かんでくるんだ。炎がどんなふうに吹き出すか、燃え移るか、どこの纏がどんなふうに振られるか、野次馬たちがどっちのほうへ走ってゆくか。全部が見えるんだ。家主がどこの物干竿をかっぱらって、消口にどんなふうに立てて歩くか、そんなことまで見えるんだ。はじめからしまいまで、火事場のことが残らずな」

目をむいている文次に、角蔵は笑いかけた。

「俺も、最初は、てめえの頭がおかしくなったのかと思ったよ。だがすぐに思いなおした。その日の火事場の有様は、俺が目の奥で見たのと寸分たがわねえようになったんだ。少しの違いもねえ。だから、俺は怖くなくなったんだよ。どの屋根が燃え落ちるか、風の向きがどうかわるか、どこに誰がいてどういうことになるか、みんなわかってるんだからな。危なくねえように、そのうえでしっかり働くことができるように、自分の身体をもっていくことぐらい、やさしいもんだった」

それから数日すると、例の按摩がやってきて、首尾はどうだったかと尋ねてきた。

「あんたの言うとおりだったと答えると、按摩は心底うれしそうに笑ったよ。今思うと、あのあけっぴろげなうれしそうな顔に、俺はもっと気をつけなきゃならなかったんだが、そのときはもうただただ有頂天で、世の中に怖いものはひとつもなくなったような気がしていたからな」

礼を言う角蔵を押し止めて、按摩は言ったという。

――ただし、この頭巾を被り続けていると、ちっとばかり、損をすることもでてきます。しかし、それはたいしたことじゃない。あんたが火消しとして名を馳せたなら、そのくらいのこと、どうでもいいと思って納得してしまう程度の、些細な代償です。ですから、案じることはないですよ。

どんな損なのかと、角蔵は訊いた。すると按摩は薄笑いをして答えた。

――あんたを嫌う人が出てくる、とでも言えばいいでしょうかね。

「それは、まわりのねたみをかってそうなるという意味かって訊くと、按摩は笑っただけだった。だから、俺はそう受け取っちまった。そして、それぐらいならなんてことねえと思ったんだ」

角蔵は、ぐいと首を振った。

歯嚙(はが)みしているかのような声で、そう言った。

「もっとつっこんで訊くべきだったのに、そうしなかった。どうして按摩があんなににやにや笑っているのか、いやそもそも、どうして野郎が按摩をしているのか、それを訊いてみるべきだったのにな」

「どういうことです？」

「その按摩も、昔は火消しだったんだよ。そのことは、組の連中なら誰だって知っていたんだ。俺も知っていた。按摩の首筋にも、火傷(やけど)の痕がいくつか残っていたよ」

若き日の角蔵が按摩に尋ねたのは、どうしてこの頭巾にはこんな力があるのか、この「だるま猫」にはどういう意味があるのかということだけだった。すると按摩は答えた。

――私にも、それはしかとはわかりません。ただ、だるま猫と呼ばれていた、百年も長生きをして霊力を持つようになった老猫(ろうびょう)を殺して、その皮でこさえた頭巾だそうでございますよ。

その言葉を、文次が頭のなかでこねくりまわしているうちに、角蔵は言った。

「俺は馬鹿だった」

「このだるま猫を、おめえに貸してやろうと思う」

文次ははっと目をあけた。

「おめえは散々苦しんできた。それを見ていて、俺も何十年かぶりに、こいつを押入れからひっぱりだす気になったんだ。先に言ってたな。臆病者を返上できるなら、どんなことでもするって。こいつをおめえにくれてやる。本当にそんなことができるかどうか、試してみるといい。こいつをおめえにくれてやる。被って、火事場に出てみるといい。それから俺のところに戻ってこい。そうして、これからの身の振り方を決めるといい」

「俺にこいつを……」

「そうだ。被ってみろ。きっと、さっき俺が言ったようなことが起こる。さぞ気分がいいだろう。そしたら、俺のところへ来い。おめえが、このだるま猫と、こいつが運んでくる損とを秤にかけて、どっちをとるか、決められるように算段してやるから」

「親父さんがですか」

「そうだ。俺こそ、生きた証だからな」

角蔵の言葉は、自分で自分を嘲笑うような色合いに染まって聞こえた。口元が歪んでいる。

だが、そのあとすぐに、真顔になって、薄暗がりのなかで怖いほどに、思わず文次が身を引いたほどきついまなざしになって、角蔵はこう言った。

「文次、おめえは臆病者だ。てめえで思ってたほどの肝っ玉はねえ。そのままじゃ、火消しにはなれねえかもしれない。それがどれだけ辛(つら)くて情けねえものか、俺にはよぉっくわかる。おめえの苦しみが本物であることを知ってるからこそ、俺もこんな昔話をしたんだ。わかるな?」

文次は強くうなずいた。何度も何度も。すると角蔵は、苦しげに眉根(まゆね)を寄せた。

「だがな、臆病者には臆病者の生き方がある。酷なようだが、俺はそう思う。おめえが苦しんでるのは、臆病者の自分から、なんとか逃げ出したいと思っているからだ。どんな手を使ってでも逃げ出したいと思っているからだ。だが、文次、それは本当じゃねえ。臆病者の自分を大切にしてやる道が、どこかにきっとあるはずだ。臆病者の自分から逃げちゃいけねえ。一度逃げれば、一生逃げ続けることになる。俺のようにな」

話はそれだけだと言って、文次の手のなかにだるま猫を押しつけ、角蔵は背を向けた。

猪助の下に帰り、もう一度使ってくれと頼み込むと、思っていたよりあっさりと承知してもらうことができた。どうせまた同じことだと、たかをくくられたのかもしれない。

それに、文次も、まだ半信半疑の思いを抱いていた。角蔵の真剣な口調は、いっそ薄気味悪いほどのものだったが、変わり者のじいさんの昔語りが少しばかり羽目(はめ)をはずしたのだと、思ってしまうこともできた。

だるま猫は、昼の光のなかで見ると、ただ小汚いだけのお古だった。被ってみたところで、どういうこともない。すっかり皮が薄くなっていて、頼りないような気さえした。猪助に見つけられれば、いったいどこからそんな代物(しろもの)を見つけてきたんだと、叱(しか)られてしまうかもしれない。

だが、しかし。

組に戻って半月後、丑三(うしみ)つ時に相生町(あいおいちょう)の一角で火が出たとき、手の震えを抑えてだるま猫を被り、猪助のあとを追いかけて火事場へ出た文次は、角蔵の話に一分(いちぶ)の嘘(うそ)もなかったことを知った。

その幻は、頭巾を被ってすぐにやってきた。あたかも文次の頭のなかに幻灯(げんとう)の花が咲いたかのようだった。

燃える長屋が見えた。吹き出す炎が見えた。龍吐水の一台の具合が悪く、あつさえそれに火が燃え移り、平人のひとりが大怪我を負う様も見えた。どこが燃えず、どこが危ないか、吹く風も飛ぶ火の粉も、文次の目にはすべてが見えた。もう、なにものも怖くなかった。

幸い風のない夜で、大きかった火の手も、夜明けになる前に消し止めることができた。肩をたたいて誉めねぎらってくれるまわりの火消したちに頭をさげながら、文次はすぐに、角蔵のもとへ向かった。煤と泥にまみれ、右手には、だるま猫をしっかりと握り締めて。

「親父さん！」

表戸には心張り棒をかけてなかった。角蔵も半鐘を耳にして、今夜文次が出張っていったことを察していたのだろう。だから戸を開けて、文次が戻るのを待っていてくれたのだ。

「親父さん、やったんだ、俺はやったんだよ！」

走りこんで大声で呼びかけると、階上から声がした。「俺はここだ」

文次は宙を飛ぶような勢いで梯子段を駆けのぼった。

「親父さん！」

今夜は瓦灯がついていなかった。狭い座敷を照らしているのは、指の幅ほどに細く開けた雨戸の隙間から差し込む半月の明かりだけだった。

角蔵は寝床の上に起き上がり、こちらに背中を向けて座っていた。

「俺の言ったとおりだったか」と訊いた。

「親父さんの言ったとおりでした」

「だるま猫が火事場を見せてくれたんだな」

「何から何まで」

角蔵の声が、急に冷えた。「それでおめえはどっちをとる」

「え？」

「言ったろう。だるま猫は、おめえに損をさせるってことを。損しても、おめえはそいつがほしいか。そいつがくれる、空勇気がほしいか」

「空勇気じゃねえ」

思わず、文次は声を荒らげた。

「こいつは俺の救いの神です。こいつのために、多少ひとからねたまれたって、俺はちっともかまいやしねえ」

「ねたまれるってことじゃねえ」と、角蔵は低く続けた。「嫌われるんだ。人と関われなくなるんだ」

「そんなこと、俺にはどうでもいい！」

叫ぶように言った文次におっかぶせるように、角蔵が声を張り上げた。

「じゃあ見せてやろう。だるま猫の報いをな。こいつのせいで、昔火消しだった男が按摩になった。てめえでてめえの目を潰さずには生きていられなくなったからだ。そしてその按摩はてめえだけが苦しむのが悔しくて、それを俺にも持ちかけた。馬鹿な俺は、それをつかんだ。つかんだ挙句に、女房子供も持てず、火消し組にもおれなくなって、ひとりきりになって、それでもまだ、夜はおちおち眠れねえ。明かりのないところで、ひょいと誰かが俺の顔をのぞくんじゃねえかと思うと、命が縮まるからだ」

「……親父さん？」

「これがだるま猫の報いだ、そら」

角蔵は振り向いた。その両の目が、細い月明かりしかない闇のなかで、真っ黄色に、爛々と光っているのを文次は見た。まるで、猫の目のように。

たまげるような叫び声をあげ、手にしていただるま猫を放り出し、文次は一目散に逃げ出した。逃げて逃げて、一度もうしろを振り向かなかった。

その日の明け方近くになって、ひさご屋の二階から火が出た。火はおもしろいように燃え上がり、ひさご屋を丸焼けにしておさまった。ただし、近隣には一寸と燃えひろがらなかった。

焼け跡から、黒焦げになった死体がひとつ出てきた。角蔵のものと思われた。瓦灯の油の匂いがぷんぷんしている。放火と思われた。

人々は訝った。角蔵が、頭に皮頭巾をかぶり、それがはずれないように、顎のところでしっかりと押さえたまま死んでいることを。その皮頭巾から、とりわけ強く、油の匂いがしていることを。

ただひとり、文次だけは、それを不思議には思わなかった。

(文次逃げるな。一度逃げれば、一生逃げ続けることになる。俺のように)

その言葉だけが、幾度もよみがえっては耳朶を打った。

解説

細谷正充

本書は、『まんぷく〈料理〉時代小説傑作選』に続く、女性作家による時代小説アンソロジーだ。テーマは〝猫〟である。時代小説ファンだけでなく、猫の好きな人にも、喜んでいただける作品を選んだつもりだ。どうか楽しく読んでいただきたい。

各作品の解説に入る前に、タイトルについて触れておこう。このアンソロジー・シリーズは、ひらがなのシンプルなタイトルになっている。だが、決定するまでの過程はシンプルではない。先に刊行した『まんぷく』でも、二転三転の結果、ようやく決まったのである。

ところが本書に関しては、そういうことはなかった。猫をテーマにすることになって、これに合わせたタイトルを担当編集者と一緒に考えているうちに、ポロリと口から出てきたのだ。しかも出た瞬間に、これしかないと意見が一致。珍しく呻吟することがなかった。これもお猫様のご利益であろう。

「お婆さまの猫」諸田玲子

「狸穴あいあい坂」シリーズが始まったとき、ヒロインの結寿は十七歳の娘盛りであった。元火盗改めの祖父と狸穴でふたり暮らしをしていたが、八丁堀同心の妻木道三郎と知り合う。そして、さまざまな事件にかかわりながら、道三郎への恋心を深めていくのだった。

というシリーズの流れは、途中で大きく変わる。道三郎に心を残しながら、彼女が御先手組の小山田万之助に嫁いだのだ。本作は、結寿が嫁いだばかりの頃の話。万之助の祖母（実際は亡き祖父の従姉）の飼っていた猫が行方不明になり、その行方を追うことになる。猫が消えた理由や、やっかいな相手から取り戻す方法などにミステリー味があり、読者の興味を強く惹きつける。

さらに人間の悲しみも、真っすぐに見つめている。一連の騒動の原因は、胸締めつけられるものであった。また祖母の心を、複雑な思いを抱いている結寿の心と重ね合わせたところなど、作者の手腕が堪能できる。もちろん猫の魅力も万全。アニマルセラピーなどという言葉のない時代から、人は動物に癒されてきた。お婆さまの猫が、それを証明しているのである。

「包丁騒動」田牧大和

猫をテーマにしたアンソロジーを作ると決まったとき、真っ先に頭に浮かんだのが、田牧大和の「鯖猫長屋ふしぎ草紙」シリーズだった。根津権現近くにある「鯖猫長屋」の住人と、その周囲の人々の、騒動続きの日々を描いた人気作である。物語の中心になっているのは、長屋の住人で、猫ばかり描いている売れない画描きの青井亭拾楽（実は元盗人。詳しい事情を知りたい人はシリーズ第一弾を読もう）。しかし真の主人公は、拾楽のところで暮らしている、雄の三毛猫のサバだ。なにやら不思議な力を持つらしいサバが、ストーリーの要所で存在感を発揮する。それがシリーズのポイントだ。

本作もそうである。長屋の住人で、居酒屋で一緒に働いている利助とおきねが、派手な夫婦喧嘩をする。それを宥めようとした拾楽たちだが、喧嘩の裏には、思いもかけない事情があった。詐欺師まで絡んで紛糾する事態を、丸く収めようとする長屋の面々の行動が気持ちいい。危機に陥った拾楽を、さらりと助けるサバの雄姿も楽しい。猫好き必読のシリーズなのである。

「踊る猫」折口真喜子

娘に擬人化された〝杓子〟と、頭に手拭いを被った猫が、楽しそうに踊っている絵がある。俳人で絵師の与謝蕪村と、もうひとりの絵師の合作だ。本作は、その絵の誕生秘話である。

与謝蕪村のもとを訪れた、絵師の主水（岩次郎）。かつて蕪村の言葉によって絵師の道に進むことのできた主水は、彼のことを敬愛している。また、自分とは画風の違う蕪村から、学ぶべきことがあるとも思っていた。飄々とした蕪村と生真面目な主水。ふたりの芸術家のかかわりに人生の妙味があり、交わす会話も深い味わいがある。また絵師に詳しくない人なら、ラストで明らかになる主水の正体に驚くことだろう。蕪村の近所の家の猫の使い方も巧み。折に触れて読み返したくなる物語とは、このようなものをいうのである。

「おとき殺し」森川楓子

二〇一六年に作者は、文庫書下ろし時代小説『国芳猫草紙（くによしねこぞうし） おひなとおこま』を刊行した。人気浮世絵師で猫好きの歌川（うたがわ）国芳のもとで、子守兼弟子をしているおひな。謎の薬師（くすし）に薦（すす）められた薬を飲み、なぜか猫の言葉が分かるようになった彼女は、国芳のひとり娘が誘拐（ゆうかい）された事件を、歌川家の飼い猫のおこまと共に追う。という愉快なストーリーで、シリーズ化が期待されたのだが、残念ながら続刊はなかった。しかし意外なところから、新作短篇が現れた。早稲田大学の有名なサークル「ワセダ・ミステリ・クラブ」のOBで、プロ作家の四人が短篇を寄せた同人誌に、本作が掲載されたのである。

下っ引きの弥平（やへい）の母親が殺された。殺人現場を目撃していた子猫を預かったことから、犯人を明らかにできるのではないかと動き始めるおひな。ところがすぐに犯人は捕まり、十年前の殺人まで解決してしまう。だが、そこに不審を覚えたおひなは、猫の網（猫のネットワーク）を使い、意外な真実を掘り起こすのだった。

猫好きの人ならば、おひなが羨（うらや）ましくてならないだろう。なにしろ猫と話ができるのである。猫の網を駆使して、事件の真実に迫る、彼女の行動にワクワクしてしまう。その一方で、人と猫の切ない心情も表現されている。佳品ともいうべき本作を読んで、あらためてシリーズ化を期待してしまうのだ。

「猫神さま」西條奈加

掏摸やかっぱらいで食っていたが、いろいろあって今ではまっとうな商売を始めた十五人の孤児。本作は、彼らを主人公にした連作集『はむ・はたる』の一篇である。物語の語り手は孤児の三治。孤児たちが世話になっている長谷部家の次男坊と歩いていたところ、泣いているおのぶという少女と出会う。「安曇屋」という繭玉問屋で働く彼女は、奥座敷の神棚に飾られていた木彫りの猫神さまが消え、それを盗んだと思われているそうだ。そんな疑いを店の人に抱かれたのも、おのぶの父親が盗みを働いていたからである。彼女の境遇に、自分と同じものを見た三治は、猫神さまを捜そうと、「安曇屋」に乗り込む。

本物の猫も出てくるが、本作のメインは木彫りの猫。なぜ消えたのか、どこにあるのかという謎を、孤児たちのリーダーである勝平も加え、三治たちが鮮やかに解決する。この謎解きも面白いのだが、それ以上に注目したいのが、三治とおのぶの境遇だ。どちらも、自分ではどうにもならない事情により、人生の苦労を背負っている。だからこそ三治が「安曇屋」の主人にいう〝願い〟に救われた。現代の差別問題にも通じるテーマが、物語を奥深いものにしているのである。

「だるま猫」宮部みゆき

日本には〝猫怪談〟ともいうべき、ホラーの系譜がある。化け猫が登場したり、猫を恐怖の対象とした物語は、過去から現在まで、連綿と書き継がれているのだ。本作も、そのひとつといえるだろう。ただし作者がホラー小説の名手の宮部みゆきだ。ひと捻りした内容になっている。

幼少時に父親から暴力をふるわれ、両親が死んでからは親戚をたらい回しにされた文次。火消しに憧れ、なんとか鳶職の頭の猪助に拾われる。しかし火事の現場で、臆病心により動けなくなった。結局、猪助の世話で、一膳飯屋兼居酒屋「ひさご屋」で働くが、夜な夜な魘されている。そんな文次に、「ひさご屋」の主の角蔵が見せたのが、だるまのような猫の絵がある猫頭巾だった。角蔵は文次に、猫頭巾にまつわる不思議な話を聞かせる。

怪談のストーリーを詳しく述べるのも野暮なので、粗筋はこれくらいにしておこう。猫頭巾のもたらす怪異は、ビジュアル効果抜群で、ドキッとさせられる。さらに角蔵が文次に猫頭巾を見せた理由や、ラストの展開を読むと、どこか割り切れない思いが残る。ああ、これは岡本綺堂(おかもときどう)の怪談と同じ、不条理な恐怖だ。理屈で説明できない恐ろしさに、いつまでも心が震えるのである。

以上、六作。本物の猫から木彫りや絵の猫まで、さまざまな猫の話を集めた。時代小説による〝ねこだまり〟になったと自負している。猫好きの人もそうでない人も、愛すべき猫のいる世界に遊んでいただきたい。

（文芸評論家）

出典

「お婆さまの猫」（諸田玲子『恋かたみ　狸穴あいあい坂』所収　集英社文庫）
「包丁騒動」（田牧大和『鯖猫長屋ふしぎ草紙〈四〉』所収　PHP文芸文庫）
「踊る猫」（折口真喜子『踊る猫』所収　光文社文庫）
「おとき殺し」（森川楓子『ワセダ・ミステリ・クラブ特別編集　小説4集～Phoenix外伝』所収　ワセダ・ミステリ・クラブ）
「猫神さま」（西條奈加『連作時代小説　はむ・はたる』所収　光文社文庫）
「だるま猫」（宮部みゆき『幻色江戸ごよみ』所収　新潮文庫）

本書は、ＰＨＰ文芸文庫のオリジナル編集です。

著者紹介

諸田玲子（もろた　れいこ）
静岡市生まれ。上智大学文学部英文学科卒業。1996年、「眩惑」でデビュー。2003年、『其の一日』で吉川英治文学新人賞、07年、『奸婦にあらず』で新田次郎文学賞、12年、『四十八人目の忠臣』で歴史時代作家クラブ賞、18年、『今ひとたびの、和泉式部』で親鸞賞を受賞。著書に『尼子姫十勇士』『帰蝶』などがある。

田牧大和（たまき やまと）
東京都生まれ。2007年、「色には出でじ、風の牽牛」（刊行時に『花合せ』に改題）で小説現代長編新人賞を受賞し、デビュー。著書に「鯖猫長屋ふしぎ草紙」「濱次お役者双六」「藍千堂菓子噺」「錠前破り、銀太」「縁切寺　お助け帖」シリーズ、『かっぱ先生ないしょ話』『陰陽師　阿部雨堂』『恋糸ほぐし』などがある。

折口真喜子（おりぐち　まきこ）
鹿児島県生まれ。2009年、「梅と鶯」で小説宝石新人賞を受賞。12年、受賞作を収めた『踊る猫』でデビュー。著書に「日本橋船宿あやかし話」シリーズ、『恋する狐』などがある。

森川楓子（もりかわ　ふうこ）
1966年、東京都生まれ。早稲田大学第一文学部卒業。91年、高瀬美恵名義『クシアラータの覇王』でデビュー。2008年、森川楓子名義の『林檎と蛇のゲーム』で『このミステリーがすごい！』大賞隠し玉受賞。著書に『国芳猫草紙　おひなとおこま』がある。

西條奈加（さいじょう　なか）
北海道生まれ。2005年、『金春屋ゴメス』で日本ファンタジーノベル大賞、12年、『涅槃の雪』で中山義秀文学賞、15年、『まるまるの毬』で吉川英治文学新人賞を受賞。著書に「神楽坂日記」「善人長屋」シリーズ、『せき越えぬ』『隠居すごろく』『亥子ころころ』『睦月童』『四色の藍』などがある。

宮部みゆき（みやべ　みゆき）
1960年、東京都生まれ。87年、オール讀物推理小説新人賞を受賞してデビュー。92年、『本所深川ふしぎ草紙』で吉川英治文学新人賞、93年、『火車』で山本周五郎賞、99年、『理由』で直木賞、2002年、『模倣犯』で司馬遼太郎賞、07年、『名もなき毒』で吉川英治文学賞を受賞。著書に、『桜ほうさら』『〈完本〉初ものがたり』『あかんべえ』、「三島屋」シリーズなどがある。

編者紹介

細谷正充（ほそや　まさみつ）

文芸評論家。1963年生まれ。時代小説、ミステリーなどのエンターテインメントを対象に、評論・執筆に携わる。主な著書・編著書に、『歴史・時代小説の快楽 読まなきゃ死ねない全100作ガイド』『あやかし〈妖怪〉時代小説傑作選』『あなたの不幸は蜜の味 イヤミス傑作選』『光秀 歴史小説傑作選』などがある。

PHP文芸文庫　ねこだまり
〈猫〉時代小説傑作選

2020年2月18日　第1版第1刷
2024年4月4日　第1版第7刷

著　者　諸田玲子　田牧大和
折口真喜子　森川楓子
西條奈加　宮部みゆき
編　者　細谷正充
発行者　永田貴之
発行所　株式会社ＰＨＰ研究所
東京本部　〒135-8137 江東区豊洲5-6-52
文化事業部　☎03-3520-9620（編集）
普及部　☎03-3520-9630（販売）
京都本部　〒601-8411 京都市南区西九条北ノ内町11
PHP INTERFACE　https://www.php.co.jp/
組　版　朝日メディアインターナショナル株式会社
印刷所　図書印刷株式会社
製本所　東京美術紙工協業組合

ISBN978-4-569-76990-5

PHP文芸文庫

まんぷく

〈料理〉時代小説傑作選

宮部みゆき、畠中 恵、坂井希久子、青木祐子、中島久枝、梶よう子 著／細谷正充 編

いま大人気の女性時代作家がそろい踏み！江戸の料理や菓子をテーマに、人情に溢れ、味わい深い名作短編を収録したアンソロジー。